Guide du français correct

Du même auteur
au Livre de Poche

LE FRANÇAIS SANS FAUTES

Jacques Capelovici
Agrégé de l'Université

Guide du français correct

Pièges et difficultés de la langue française

Illustrations de Jicka

L'ARCHIPEL

AVANT-PROPOS

Qu'il s'agisse du sens des mots, de leur orthographe, de leur prononciation ou de la syntaxe, la langue française est de plus en plus malmenée, notamment à la radio et à la télévision, au grand dam d'une partie du public qui, à bon droit, attache du prix à un français correct.

Mais comment mettre fin à cette cascade de fautes commises de bonne foi, tant que les puissants cerveaux qui régissent l'enseignement n'auront pas songé à organiser celui de la langue française, ne serait-ce, à tout le moins, que pour répertorier, puis redresser en temps utile ces erreurs persistantes qui la défigurent ? Il va de soi que pareille entreprise de salut public exigerait des autorités dites « compétentes » un certain effort concrétisé par une programmation systématique et progressive, sagement échelonnée sur plusieurs années et qui, hélas, brille toujours par son absence.

C'est en vain qu'on chercherait dans le cartable de nos élèves un seul véritable livre de français, rassemblant tous les renseignements pratiques qui devraient normalement s'y trouver. Pas davantage ne faut-il s'attendre à ce que ces derniers soient fournis en classe à nos élèves pendant l'heure dite de « français », si ce n'est en s'en remettant à l'initiative individuelle de certains professeurs conscients de la nécessité qu'il y a à combler de béantes lacunes, sans suivre, toutefois, un plan préétabli, ce qui nuit beaucoup à l'efficacité de cette entreprise.

Mais celle-ci n'est pas chose aisée, tant s'en faut. Car, en ce qui concerne les mots français trop souvent détournés de leur véritable sens par pure ignorance, le marché ne manque pas, hélas, de « linguistes » laxistes ou capitulards qui, invoquant certain « usage » de gens mal renseignés — et pour cause ! —, acceptent sans rechigner qu'un globe terrestre soit stupidement baptisé « mappemonde » (carte plane !), qu'une période de dix ans se ratatine en « décade » (dix jours), qu'un amarrage (jonction) prenne le nom usurpé d'« arrimage » et un postulant celui, tout aussi injustifié, d'« impétrant », sans oublier le quatuor généreusement amplifié en « quarteron » (vingt-cinq unités), les boissons alcooliques édulcorées sans raison en boissons simplement « alcoolisées » (additionnées d'alcool), et le brave client métamorphosé malgré lui en... marchandise par qui parle à tort d'un magasin bien « achalandé » en produits nombreux et variés.

Par pure étourderie, ces linguistes indulgents et peu soucieux de précision oublient au passage de donner un terme de rechange pour chacun de ces mots employés en dépit du bon sens. Pléthore d'un côté, pénurie de l'autre au nom d'un prétendu « usage » souverain d'une foule d'« usagers » très mal informés ; est-ce bien raisonnable ?

Si l'on n'y met bon ordre, et au détriment des gens qui aiment à juste titre employer le terme propre, on disposera donc demain de deux mots bien distincts pour désigner un globe, une décennie, un amarrage, un postulant, un quatuor, une boisson à base d'alcool et un magasin aux rayons bien garnis. Dans ce dernier cas, faudra-t-il forger le mot « acclienté » pour remplacer

achalandé fâcheusement détourné de son véritable sens, qui l'apparente pourtant à **chaland**, **chalandise** et **achalandage** ?

Les linguistes susmentionnés restent totalement muets sur ce point pourtant capital. Pas davantage ne leur viendrait-il à l'idée d'évoquer l'existence d'établissements scolaires où, entre autres activités pompeusement baptisées « pédagogiques », on pourrait tout de même songer de temps en temps à enseigner à nos élèves le sens précis des mots français, à condition, encore, que soient dûment répertoriés ceux qui, comme on dit, posent problème.

Par pure inadvertance, les puissants cerveaux débordants d'indulgence qui justifient n'importe quelle impropriété par leur sacro-saint « usage », véritable rouleau-compresseur de la linguistique moderne, n'ont jamais pris la peine de le quantifier en nous indiquant, ne fût-ce qu'approximativement, la proportion de francophones qui, à leur insu, s'y adonnent sur tel ou tel point précis de notre langue. Et quand bien même celle des gens négligents qui déforment les infarctus en « infractus » atteindrait 55 %, leur malencontreux « usage » deviendrait-il inévitablement la règle au détriment de la minorité des 45 % qui se donnent la peine de prononcer ce mot comme il s'écrit ?

À ce régime-là, on assisterait peut-être au triomphe de barbarismes devenus majoritaires, tels que « f**r**atras » et « frust**r**e », « secrét**ai**riat » et « commiss**ai**riat », « dilem**n**e » et « dép**r**adation », « pécuni**er** » et « ré**n**u**m**érer », « dég**u**ingandé » et « il **f**aut mieux », se substituant irrésistiblement aux formes correctes figurant encore aujourd'hui, Dieu merci, dans tous les dictionnaires et dûment rappelées dans le présent *Guide du français correct*.

Dans ces conditions, parler d'« évolution » irréversible de la langue française est une véritable imposture, car ce terme quasi magique n'a jamais été synonyme de détérioration. Certes, une véritable évolution étalée sur de longues années a considérablement atténué le sens de mots comme **malin**, **navrer**, **gêner**, **formidable**, **enchanter** et **meurtrir**, qui, jadis, signifiaient respectivement : **diabolique**, **blesser**, **torturer**, **effrayant**, **soumettre à une opération magique** et **commettre un meurtre**. En un mot, mieux vaut être gêné, navré et meurtri aujourd'hui qu'hier, ce qui n'a strictement rien à voir avec des mappemondes (cartes planes) devenues sphériques au mépris de la géométrie la plus élémentaire !

D'autre part, il est tout à fait normal et logique qu'une langue s'enrichisse de néologismes fonctionnels, qui sont aux antipodes des détournements de sens que nous condamnons, et qui ne font que l'appauvrir en la privant d'éléments utiles. La différence fondamentale entre les deux phénomènes ne devrait pas échapper à tout linguiste digne de ce nom, capable de raisonner sainement en faisant la part des choses. Et pourtant…

À quoi bon proclamer bien haut que le français est la langue de la clarté et de la précision quand d'innombrables détériorations dénoncées dans ce *Guide* auraient plutôt tendance à en faire celle de l'ambiguïté et de la confusion, surtout quand certains des mots qui la composent n'ont pas le même sens pour tout le monde ? Ainsi, un Français qui, de passage à Moscou, se rend plein d'espoir dans un magasin d'alimentation qu'un de ses compatriotes lui a signalé comme étant bien achalandé en raison des nombreux clients qui y font la queue (souvent en vain), connaîtra une amère déception en constatant sur place que les denrées y sont rarissimes, contrairement à ce qu'il avait cru comprendre en se trompant sur le véritable sens du terme « achalandé ». Petites causes, grands effets…

Si l'on n'y prend garde, on aura donc une langue française à plusieurs vitesses, ou encore « à la carte », où bon nombre de mots changeront de sens d'un citoyen à l'autre, peut-être au nom d'un individualisme outrancier... bien vite contredit par un empressement collectif à parler à tort de la marche « à pied » ou à généraliser allègrement l'emploi des absurdes adjectifs « super » et « génial », soudain auréolés d'un prestige aussi irrésistible qu'inexplicable. En matière de langage, ces deux attitudes contradictoires ne constituent pas, dans notre pays, le moindre des paradoxes !

De l'impropriété au charabia émaillé de fautes d'orthographe, il n'y a qu'un pas aisément franchi par des millions de cerveaux en grève ou en chômage qui, sans aucun état d'âme, malmènent leur langue maternelle, dont la correction n'est pas, tant s'en faut, leur souci majeur. Mais un tel laisser-aller peut causer bien des déboires à un candidat à un examen ou à un postulant à un emploi, dont la prose « débraillée » n'aura pas eu l'heur de plaire à son correcteur ou à son employeur éventuel, dans la mesure où l'un ou l'autre attache du prix à un français digne de ce nom.

S'agissant maintenant de la langue parlée, il va de soi que la prononciation défectueuse de certains mots, aggravée de pataquès en tous genres, peut, dans certaines circonstances, avoir les plus fâcheuses conséquences... même si, à l'Assemblée nationale et devant les caméras de la télévision, un très sérieux ministre de l'Éducation nationale, conjuguant négligemment le verbe **desservir** à la manière de « conserver », prévint solennellement les députés qu'ils « desserveraient » l'enseignement public, et si un secrétaire d'État leur annonça que les « zandicapés » étaient « sortis dehors »...

C'est pourquoi ce *Guide du français correct,* qui contient près d'un millier d'entrées, s'est assigné pour tâche de renseigner utilement le lecteur dans les quatre domaines du vocabulaire, de l'orthographe, de la prononciation et de la grammaire, afin de lui épargner toute déconvenue imputable à l'ignorance — au demeurant fort compréhensible — de ce qu'on aurait dû logiquement lui enseigner en classe de façon systématique et organisée, et durant plusieurs années.

Mais il n'est jamais trop tard pour combler de béantes lacunes. Ayant arbitré en plus de vingt ans près de cinq mille émissions de télévision consacrées en tout ou partie à l'emploi correct de la langue française, j'ai pu constater que le grand public fait un excellent accueil à cette entreprise salutaire. Pas un seul instant ne songe-t-il à accuser de « purisme » ou de « passéisme » quiconque prend la peine de lui révéler ce qu'on ne lui avait jamais appris, ou si peu... Et il ne trouve nullement illogique de ne plus déclarer en février ses « impôts », mais bel et bien ses revenus, d'essuyer un tableau noir plutôt que de l'« effacer » bizarrement et, à moins de marcher sur les mains ou, mieux, sur la tête à ses moments perdus, d'abandonner l'absurde marche « à pied » à titre définitif. N'est-ce pas la logique même ?

Jacques CAPELOVICI.
Agrégé de l'Université.

A

À, AU

1. On peut dire : de huit **à** dix jours ; de cent **à** deux cents francs ; de sept **à** huit mètres, etc. Mais on ne saurait logiquement parler de « neuf **à** dix personnes » ; « onze **à** douze chiens », car il n'existe pas entre ces nombres de quantité intermédiaire.

2. La préposition **à** ne pouvant exprimer un rapport d'appartenance ou de parenté, il ne faut pas dire : la canne « à » Robert ; les enfants « à » sa sœur, mais : la canne **de** Robert ; les enfants **de sa** sœur [1]. Naturellement, à qui s'enquiert du possesseur en demandant : « **À** qui est ce parapluie ? », on répondra : « Il est **à** Untel ». Dans les deux cas, le verbe **être** peut être remplacé par **appartenir**.

3. Une tasse **à** thé, un verre **à** liqueur sont destinés à contenir l'une du thé, l'autre de la liqueur. Une tasse **de** café et un verre **de** liqueur contiennent respectivement du café et de la liqueur.

4. Devant les noms de ville, même s'ils commencent

1. Une tournure comme « la bande à Bonnot » appartient au langage familier.

par une voyelle, on ne dit pas « en », mais **à**. Exemples : *Je vais à Caen, à Albi, à Argentan, à Évreux, à Orléans*, et, bien entendu, *à Arles et à Avignon* (voir ce mot).

5. En employant l'adjectif possessif, nul ne dit jamais qu'il va « à » son coiffeur, « à » son boucher, « à » son dentiste, car tout le monde va **chez** son coiffeur, **chez** son boucher, **chez** son dentiste. Dans ces conditions, est-il bien normal de dire qu'on va « au » coiffeur, « au » boucher, « au » dentiste, en renonçant soudain à la préposition **chez** ? La logique et le bon usage imposent donc d'aller **chez** le coiffeur, **chez** le boucher, **chez** le dentiste.

6. Il y a quelques années, on nous apprenait non sans inquiétude qu'il y avait des troupes libyennes **au** nord du Tchad. Or, quoi de plus normal si l'on considère qu'**au** nord du Tchad se trouve précisément la Libye, où l'armée de ce pays est tout à fait à sa place ? Un atome de bon sens eût permis de dire que ces troupes étrangères se trouvaient indûment **dans** le nord du Tchad. La « nuance » est ici de taille. De la même façon, la Bretagne est **dans** l'ouest de la France et l'océan Atlantique **à** l'ouest de notre pays. Et si la Belgique est bien **au** nord de la France, on dira que Dunkerque, en territoire français, est **dans** le nord de notre pays, tout comme Naples n'est pas « au » sud, mais **dans** le sud de l'Italie. On priverait enfin la capitale de la France d'un de ses coins les plus pittoresques en déclarant que Montmartre est « au » nord de Paris, le situant ainsi en banlieue au grand dam des touristes ainsi fourvoyés !

Remarque. En avril 1992, on nous annonça que l'aviation iranienne avait bombardé des villages **à** l'est de l'Irak... c'est-à-dire **en Iran**, pour autant que les mots ont encore un sens ! En réalité, tout porte à croire que le bombardement eut lieu **dans** l'est de l'Irak, ce qui n'est pas du tout la même chose !

ABASOURDIR

Ce verbe remonte à l'ancien verbe argotique **basourdir** signifiant « tuer » et n'est nullement apparenté à l'adjectif « sourd », dont il n'y a donc pas lieu de faire entendre l'« s » initial. En position intervocalique, cette consonne se prononce logiquement « **z** » dans le verbe **abasourdir**, et non « **s** » comme dans **assourdir**.

ABCÈS

Il ne faut pas écrire « abscès ».

ABHORRER, ADORER

Signifiant **haïr**, **détester**, **exécrer**, le verbe **abhorrer**, d'un emploi plus rare, est précisément le contraire d'**adorer**, auquel il ne s'apparente que par la prononciation. Exemple : *Nous **abhorrons** les faux dieux qu'ils **adorent**.*

ABJURER, ADJURER

Ces deux verbes ne diffèrent que par le préfixe (**ab-** ou **ad-**), ce qui risque d'entraîner des confusions. **Abjurer** signifie **renoncer** solennellement à une religion ou à une opinion, tandis qu'**adjurer** veut dire **supplier** instamment. Exemple : *Je t'adjure d'abdjurer ta religion.*

ABOLIR

Ce verbe signifie **supprimer, réduire à néant**. L'expression « abolir **entièrement** » est donc un **pléonasme**.

ABSENT, ABSENCE

Trop nombreux sont ceux qui se compliquent l'existence en écrivant bien à tort « abscent » et « abscence ».

ABSOLUMENT

Avec ses quatre syllabes, l'adverbe **absolument** est nettement plus majestueux qu'un simple **oui**, qu'il s'est mis à remplacer de plus en plus souvent au cours des années quatre-vingt dans des cas où cette réponse catégorique ne s'imposait pas le moins du monde. Exemples : « *Vous avez un fils ?* » — ***Absolument.*** « *Il habite encore chez vous ?* » — ***Absolument.*** Loin de bannir cet impressionnant adverbe, on pourra toutefois répondre **absolument** à une question telle que : « *Êtes-vous certain de ce que vous affirmez ?* » Si le ridicule tuait, il y a beau temps que cet envahissant **absolument** aurait régressé pour n'être employé qu'à bon escient.

ABSOUDRE

Si, au **féminin**, le participe passé du verbe **absoudre** est **absoute**, il n'en reste pas moins que, au **masculin**, il s'écrit **absous** avec un « s » terminal (voir **dissoudre**).

ACCEPTATION, ACCEPTION

L'Académie française a pris soin de rappeler que si l'**acceptation** (quatre syllabes) est tout bonnement le fait d'**accepter**, il n'en vas pas de même d'une **acception** (trois syllabes), qui n'est autre que le **sens** dans lequel un mot est employé. Exemple : *Dans toute l'acception du terme.*

ACCIDENTÉ

Si l'on peut parler d'un relief ou d'un parcours **accidenté**, on s'expose à la critique en disant qu'un piéton ou un automobiliste a été **accidenté**, ce qui ne sera jamais le cas si l'on fait savoir qu'il a été **victime d'un accident**.

ACCOLADE, ACCOLER

N'étant pas le moins du monde apparentés au nom **colle**, ces deux mots ne prennent qu'un seul « **l** », ce qui exclut les graphies « accollade » et « accoller ».

ACCOUTUMÉE

L'expression **à l'accoutumée** signifiant **comme de coutume**, **comme d'habitude**, il n'y a pas lieu de l'alourdir en la faisant précéder du mot **comme**, ce qui exclut l'envahissant « comme à l'accoutumée ». N'est-il pas plus simple et plus rapide de dire tout bonnement **comme d'habitude** ?

ACÉTIQUE, ASCÉTIQUE

Issu du nom latin **acetum** désignant le vinaigre, l'adjectif **acétique** qualifie l'acide auquel ce dernier doit sa saveur caractéristique, tandis que l'adjectif **ascétique,** formé sur le nom **ascète** — du grec *askêtes* — désigne une personne qui se consacre aux exercices de piété, de mortification et mène une vie austère... qui ne le conduit tout de même pas à boire de l'acide acétique !

ACHALANDÉ

Non seulement un **chaland** est un **client**, mais les noms **chalandise** et **achalandage** sont bel et bien relatifs à la **clientèle**. Est-ce assez simple ? Eh bien non. C'est ainsi que, malgré une utile mise en garde de l'Académie française, des esprits compliqués qui se croiraient déshonorés de dire qu'on trouve un peu de tout dans le supermarché voisin jugent élégant de le qualifier de « bien achalandé », utilisant, comme il se doit, un pompeux adjectif de quatre syllabes.

De soi-disant linguistes justifient ce fâcheux contresens en affirmant que si les clients sont nombreux, c'est que les marchandises sont abondantes... comme s'ils n'avaient pas vu à la télévision les interminables files d'attente s'étirer devant les magasins presque vides de certains pays de l'Europe de l'Est ! Enfin, si l'adjectif **achalandé** devait être définitivement détourné de son véritable sens, faudrait-il créer, pour combler le vide ainsi creusé, celui d'« acclienté », qui aurait au moins le mérite de suggérer plus clairement la clientèle ?

ACQUIS, ACQUIT

Le mot **acquis**, participe passé du verbe **acquérir**, se termine par un « s », tout comme **conquis** et **requis**, participes passés des verbes **conquérir** et **requérir**, de même famille. Exemples : *C'est chose acquise ; bien mal acquis ne profite jamais.*

On écrit avec un « **t** » le nom **acquit**, de la famille du verbe **acquitter**, signifiant rendre **quitte**. Exemples : *Pour acquit ; par acquit de conscience.*

ACRONYME

C'est un **sigle** qui peut être prononcé comme un mot ordinaire, tel **radar** : **Ra**dio **D**etecting **A**nd **R**anging.

L'**acronyme** peut être également formé des **syllabes initiales** d'un mot, comme **Gestapo** : **Ge**heime **Sta**ats **Po**lizei.

Remarque. Le mot **radar** est à la fois un **acronyme** et un **palindrome** (voir ce mot).

ADHÉRENCE, ADHÉSION

L'**adhérence** est l'**union** étroite d'une chose à une autre, tandis que l'**adhésion** est tout simplement l'action d'**adhérer**, c'est-à-dire de donner son assentiment à une cause, un mouvement, un parti.

ADMINISTRATION

Il ne faut pas traduire (?) paresseusement « *the Republican administration* » par « **l'administration** républicaine », alors qu'il s'agit du **gouvernement** républicain, du président George Bush, par exemple.

AÉRO-, ARÉO-

1. On rencontre le préfixe **aéro-**, du grec *aêr* désignant l'**air**, dans des mots comme **aérodrome**, **aérodynamique**, **aéronaute**, **aéronaval**, **aéronef**, **aérophagie**, **aéroplane**, **aéroport**, **aérostat**. Il va de soi que la prononciation « **aréo**port » est un **barbarisme**.

2. Le préfixe **aréo-**, moins répandu, remonte :

a) Soit au grec *araios*, signifiant **peu dense** ; d'où le nom **aréomètre** (et non pas « **aéro**mètre » !) désignant un instrument qui sert à déterminer la **densité** des liquides.

b) Soit au grec *Areios*, présent dans *Areios pagos*, la « colline d'**Arès** », où siégeait un tribunal nommé en latin *areopagus*, auquel remonte le français **aréopage**, souvent déformé en « **aéro**page » par des ignorants qui, en tout état de cause, n'ont guère besoin d'employer un terme si savant, même pour faire de l'effet.

AFFOLER, RAFFOLER

Contrairement à l'adverbe **follement**, ces deux verbes ne prennent qu'un « **l** ». On opposera donc utilement **affolement** à **follement**.

AFRIKA KORPS

Des gens qui ont la fâcheuse habitude de franciser abusivement des mots étrangers effectuent paradoxalement l'opération inverse en prononçant les deux dernières consonnes de l'Afrika **Korps** du maréchal Erwin Rommel. C'est là le type même de l'excès de zèle puisque dans le nom allemand *Korps*, visiblement emprunté au français **corps**, ces deux consonnes sont tout aussi **muettes** qu'en français. Cette remarque s'applique à l'anglais *corps*, de même origine, qui n'est nullement l'homophone de *corpse*, signifiant **cadavre**. Nuance...

AGATE, AGATHE

Contrairement à cette belle pierre qu'est l'**agate**, le prénom féminin **Agathe** s'écrit avec un « **h** » : **Agathe** raffole des **agates**...

AGILITÉ

C'est bien à tort que des ignorants maintiennent la voyelle finale de l'adjectif **agile** pour forger le nom « agileté » purement imaginaire. Quiconque est **agile** fait preuve d'**agilité** (cf. **fragile** et **fragilité**), par opposition au nom **habileté**, dans lequel on retrouve la voyelle finale de l'adjectif **habile**. Un monte-en-l'air doit savoir allier **agilité** et **habileté**.

AGIR (S')

Si invraisemblable que cela paraisse, il existe des gens qui, s'imaginant naïvement être en présence d'un verbe « sagir » en un seul mot, remplacent **il s'est agi** par un surprenant « il a sagi » ! Il **s'agit** là d'une grave confusion...

AGONIR, AGONISER

Agonir quelqu'un (d'injures) équivaut à l'**accabler** d'injures. Appartenant au deuxième groupe, le verbe **agonir** se conjugue sur le modèle de **finir**, soit : aujourd'hui ils **agonissent**, hier ils **agonissaient**, formes le plus souvent ignorées de la majorité des gens.

Agoniser, verbe du premier groupe comme **briser**, signifie être à l'**agonie**. D'où : ils **agonisent**, il **agonisait**.

AGRAFE

Le nom **agrafe** et ses dérivés ne prennent qu'un « **f** », comme **girafe** ; cette remarque s'applique au verbe **dégrafer**.

AGRANDIR

Contrairement à l'anglais ***to aggrandize*** et au français **aggraver**, le verbe **agrandir** ne prend qu'un « **g** », ce qui exclut la forme « aggrandir ».

AGRIPPER

Ce verbe ne prend qu'un « **g** », mais deux « **p** », comme **grippe**.

AÏEUL

Ce nom possède deux pluriels : les **aïeuls** sont des **grands-parents**, les **aïeux** sont des **ancêtres**, évoqués dans l'opéra *Faust* de Charles Gounod : « Gloire immortelle de nos **aïeux**... »

AIGUISER

Contrairement à celui d'**anguille**, l'« **u** » d'**aiguille** et d'**aiguillon** se prononce, tout comme celui de l'adjectif **aigu**, qu'ils contiennent, ce qui est logique. Il est donc normal de le faire entendre dans le verbe **aiguiser**, même si une grande majorité de gens n'en tiennent pas compte, prononçant comme le nom « gui » la deuxième syllabe de ce mot au nom du principe : deux poids, deux mesures.

AIL

Ce nom a deux pluriels : des **ails** et des **aulx**, homophone des **eaux** et des **os**.

AJOUTER

L'expression « ajouter **en plus** » constitue un **pléonasme.**

ALCOOLIQUE, ALCOOLISÉ

Point n'est besoin de se creuser longtemps la cervelle pour comprendre qu'**aromatisé** n'est pas synonyme d'**aromatique**, pas plus que **germanisé** ne l'est de **germanique**. Le verbe **alcooliser** signifiant additionner d'alcool, c'est par une étrange aberration que des millions de gens qualifient d'« alcoolisées » des boissons telles que le gin, le whisky, le vin, la bière, qui sont, en réalité, des boissons **alcooliques**, c'est-à-dire **à base d'alcool**. Cela dit, nul ne les empêche d'**alcooliser** leur jus d'orange en y versant du rhum, boisson **alcoolique** par excellence, sans appauvrir la langue française en détournant un mot fonctionnel de son véritable sens, pourtant évident.

Remarque. L'anglais fait bien la différence entre ***alcoholic*** et ***alcoholized***. Rien ne nous interdit d'en faire autant.

ALLER (S'EN)

Ne pas dire « il s'est en allé », mais **il s'en est allé**.

ALMANACH

Ses deux dernière consonnes étant **muettes**, ce mot se prononce « almana ».

ALTERNATIVE

L'Académie française a pris soin de rappeler que le nom **alternative** désigne le **choix** entre deux solutions et nullement une solution de rechange, sens emprunté au terme anglais ***alternative***. Si, à la suite d'élections favorables, l'opposition prend le pouvoir, il ne s'agit donc pas d'une « alternative », mais bel et bien d'une **alternance**. Inversement, on parlera à bon escient d'**alternative** quand on a le choix entre un séjour au Maroc ou en Tunisie pour passer ses prochaines vacances en Afrique du Nord.

ALUNIR, ALUNISSAGE

Ce néologisme a été refusé par l'Académie des Sciences, l'Office du Vocabulaire français et l'Académie française pour la bonne et simple raison que, à leurs yeux, le verbe **atterrir** suffit bel et bien pour désigner l'action de **prendre contact** non point uniquement avec la planète Terre, mais avec le **sol** en général, fût-il celui de la Lune où de la planète Mars. De toute façon, on ne gaspillera pas trop de précieuses secondes en disant que des astronautes américains **se posèrent** sur la Lune en 1969, tout comme on dit que de nombreux avions **se posent** à Orly sans chercher le moins du monde à inventer un verbe formé sur ce dernier nom.

Enfin, en acceptant aujourd'hui **alunir** et **alunissage**, ne devrait-on pas demain accueillir « amarsir » et « amarsissage », « avénusir » et « avénusissage », « ajupitérir » et « ajupitérissage », etc. ? Dans ce cas, où s'arrêterait-on ?

ALVÉOLE

Comme l'a rappelé l'Académie française, ce nom, né du latin *alveolus*, est du genre **masculin**, tout comme ce dernier.

AMARRER, ARRIMER

Il est clair qu'**amarrer** consiste à **retenir** avec des amarres, tandis qu'**arrimer** s'applique à un **chargement** que l'on dispose méthodiquement en le fixant ensuite solidement pour en assurer l'équilibre, que ce soit en mer, sur terre ou dans les airs.

Il n'y a donc aucune raison de baptiser « arrimage » la **jonction** de deux vaisseaux spatiaux qui, comme le savent les véritables spécialistes, n'est autre qu'un **amarrage**. Il n'est pas moins absurde de suggérer en politique d'« arrimer » un pays à l'Europe, alors que c'est l'image d'un **amarrage** qui s'impose de toute évidence.

AMBIVALENCE

Sont qualifiés d'**ambivalents** les rares mots de notre langue qui ont deux significations nettement différentes, voire opposées, comme **exclusivement, hôte, louer** (voir ces mots). Il est sage de les éviter toutes les fois qu'ils risquent d'engendrer un quiproquo.

AMBRE

Ce nom est du genre **masculin** : produit par le cachalot, l'ambre **gris** est utilisé en parfumerie.

AMENER, APPORTER

Construit sur **mener**, le verbe **amener** ne saurait être employé pour **apporter**, dans lequel on reconnaît **porter**. On **amène** donc des amis, on **amène** son cheval, mais on **apporte** des fleurs, des magazines, etc. Cette distinction s'applique aussi à **ramener** et **rapporter**, à **remmener** et **remporter**.

Cela dit, il ne faut pas prendre au sérieux les linguistes de fantaisie qui, tout en recommandant ladite distinction, prétendent faussement que le verbe **mener** signifie « tenir par la **main** », sans doute sous l'influence du charmant diminutif **menotte**... Le verbe **mener** vient, en effet, du latin populaire *minare*, signifiant « **menacer** les bêtes pour les faire avancer ».

« AMÉRICAIN »

Tout dictionnaire indique que, comme le Royaume-Uni, l'Australie, la Nouvelle Zélande, etc., les **États-Unis** sont un pays de langue **anglaise**. Or, sans pour autant être des virtuoses de cette dernière, des esprits supérieurs parlent d'un ton assuré d'une langue « américaine » qui, à les en croire, serait suffisamment différente de l'anglais pour mériter cette appellation ignorée des dictionnaires.

Cette aberration tenace nécessite une mise au point. Que l'accent marseillais ou québécois ne soit pas celui de Paris, ni l'accent écossais celui de Londres est une évidence, de même que le vocabulaire de Marcel Pagnol n'était pas exactement celui de Michel Audiard. Pour un Marseillais, notre tirelire est une « cachemaille » et un homme un peu fou est qualifié de « fada ». Il n'en reste pas moins que, s'il existe une langue provençale chère aux félibres, aucun esprit sensé ne saurait parler de « langue marseillaise ».

Étant donné la largeur de l'Atlantique nettement

supérieure à la distance qui sépare Marseille de Paris, il n'est pas étonnant que l'accent américain diffère de l'accent anglais et que quelques dizaines de mots ne soient pas les mêmes des deux côtés de l'océan. Dieu merci, tout bon dictionnaire **anglais** mentionne les **américanismes** caractéristiques de ce qu'il est convenu d'appeler l'« *American English* » qui, n'en déplaise aux tenants d'une prétendue langue « américaine », contient bel et bien le terme « *English* », qui devrait raisonnablement tempérer leurs propos.

Mais, au fait, s'il existe vraiment une « langue américaine » parlée par deux cent cinquante millions d'habitants des États-Unis, comment, diable, se fait-il qu'il n'existe pas dans le commerce de dictionnaires anglo-américains ou franco-américains, qui seraient pourtant d'une grande utilité ? Voilà, n'est-il pas vrai, un important marché à conquérir sans plus attendre, sans oublier celui de la traduction anglaise des romans et des articles de journaux américains, et *vice versa*.

D'ailleurs, tout comme un candidat à une épreuve d'espagnol serait en droit de refuser d'être interrogé sur un texte portugais, de la même façon un postulant à la licence ou à l'agrégation d'anglais pourrait récuser un texte d'un auteur américain écrivant, à en croire certains, dans une langue autre que l'anglais. Que de cas d'annulation en perspective, sans compter ces masses de candidats au baccalauréat qui, à l'écrit ou à l'oral d'anglais se sont vu ou se voient toujours proposer des textes écrits par des auteurs américains tels que Nathaniel Hawthorne, Edgar Poe ou Henry James avant sa naturalisation britannique !

Maintenant, si tous ces arguments aussi solides que variés ne suffisent pas à convaincre les tenants d'une prétendue langue « américaine », il n'y plus qu'à refuser tout dialogue avec eux tant qu'ils n'auront pas su traduire en anglais le dernier discours du président des États-Unis et en « américain » celui du Premier ministre britannique, deux exploits redoutables qui, pour ces savants linguistes, ne devraient être que jeux d'enfants.

Tout autre discours serait superflu.

-AMMENT, -EMMENT

Quand un adjectif se termine par **-ant**, l'adverbe qui en dérive se termine par **-amment**. Exemples :

abondant : **abondamment**	galant : **galamment**
brillant : **brillamment**	incessant : **incessamment**
bruyant : **bruyamment**	méchant : **méchamment**
constant : **constamment**	puissant : **puissamment**
courant : **couramment**	savant : **savamment**
élégant : **élégamment**	vaillant : **vaillamment**

Si l'adjectif se termine par **-ent**, l'adverbe qui en découle se termine par **-emment**. Exemples :

apparent : **apparemment**	innocent : **innocemment**
décent : **décemment**	intelligent : **intelligemment**
différent : **différemment**	négligent : **négligemment**
éminent : **éminemment**	patient : **patiemment**
évident : **évidemment**	récent : **récemment**
fréquent : **fréquemment**	violent : **violemment**

Note. Trop fréquente de nos jours, l'ignorance de cette règle élémentaire d'orthographe dont l'application n'exige qu'une fraction de seconde de réflexion est la cause de nombreuses fautes.

AMODIER

D'allure fort distinguée, le verbe **amodier** exerce une véritable fascination sur quelques beaux esprits qui, bien à tort, y voient comme une combinaison des verbes **aménager** et **modifier**, auxquels il ressemble vaguement. Or, il suffit de consulter le dictionnaire pour constater qu'**amodier** a pour définition : « concéder l'exploitation d'une terre ou d'une mine moyennant une redevance périodique en nature ou en argent ». Ce verbe peu usuel a pour dérivés **amodiation**, **amodiataire** et **amodiateur**. Dans ces conditions, n'est-il pas navrant qu'un ministre français de l'Éducation nationale ait un jour suggéré d'« amodier » les programmes scolaires et qu'un président de la République française ait commis quelques années plus tard le même contresens, imité peu après par un autre ministre de l'Éducation nationale ?

AMOUR

Masculin au singulier, ce nom est **féminin** au **pluriel** : un amour **éternel**, des amours **tumultueuses**.

AMPHIGOURI

L'**amphigouri** est une forme distinguée de galimatias prétentieux et indigeste dont sont friands les beaux esprits qui croiraient déchoir en s'exprimant avec simplicité. Tel est le cas de l'impérissable texte ci-dessous constitué d'une seule et unique phrase d'une longueur exceptionnelle, qui affiche tout à la fois des prétentions littéraires, philosophiques et, incroyable mais vrai, « pédagogiques »[1], car l'auteur prétend expliquer aux professeurs d'anglais comment enseigner efficacement cette langue aux lycéens de France et de Navarre.

« Cette attention aiguë et compréhensive aux éléments logiques et sonores, à leur rôle vital, à leur délimitation, consolidation et véritable constitution mutuelles ; cette

1. Voir ce mot.

participation intérieure à l'action du poème, cette inclusion du lecteur en elle, — dès avant d'épouser autant qu'il est en lui par une modulation juste sa substance et sa progression, avant de lui rendre son dû, la résonance aérienne de son ordre profond d'abord « entendu » en tous les sens du terme, conçu et construit par le poète —, ne sont pas moins impérieuses lorsque le maître doit appeler à son aide les ressources de la langue maternelle, pour abriter encore les enfants pendant une heure soustraite aux aspects menaçants du monde et aux aberrations ambiantes, sous la beauté réfléchie en eux, reconstruite partiellement par eux, d'une forme heureuse, aux échos et vertus incalculables : spectacle réalisé dans nos classes dans une mesure immédiatement perceptible et féconde, par quelques-uns qui en ont le souci avec un sens juste de leur rôle —, et qui pourrait ne pas être rare : qui conférerait à notre enseignement, au-delà et au-dessus de toutes les généralités vagues ou étalages documentaires, de tous pédantismes obnubilants, une efficacité intime, le sens d'un recours, d'une fraternité possibles, le goût de leur recherche, la confiance en la vie au milieu de ses risques, quelque résolution de les mesurer et de s'y mesurer, quelque chance alors de les affronter victorieusement, en soi-même et au-dehors. »

Remarque. Sans craindre le ridicule, le « pédagogue » galonné auteur de ce pur charabia concentre dans les premières lignes non moins de huit mots abstraits en « -ion », dont l'... accumulation devient franchement accablante. De surcroît, cette humble violette, modèle de fraîcheur et de simplicité, n'hésite pas, à quelques lignes de la fin de son chef-d'œuvre, à nous mettre en garde contre les « pédantismes obnubilants » qui, cela va de soi, ne sont certainement pas son fait, car toute cuistrerie lui est visiblement étrangère. Faut-il en rire ou plutôt en pleurer si l'on considère que notre jeunesse scolaire est directement ou indirectement victime des élucubrations de ce genre de personnages, qui ne sont pas rares dans le vaste domaine de l'Éducation nationale ?

ANAGRAMME

Ce nom est du genre **féminin** : **la seule** anagramme d'« hypocrite » est « chypriote », **celles de** « Laurent » sont « Renault » et « naturel ».

Il n'est pas sans intérêt de signaler ou de rappeler que **Révolution française** a pour anagramme : **un veto corse la finira...**

ANANAS

La consonne finale de ce nom est **muette**. Il rime donc avec *Nana*, roman d'Émile Zola.

ANGLET

La consonne finale se prononce dans le nom de cette ville des Pyrénées-Atlantiques, lequel rime donc non pas avec **onglet**, mais avec **let**, terme de tennis emprunté à l'anglais.

ANNÉES

La décennie qui s'étendit de 1920 à 1929 porte en France l'appellation d'« années folles » et, aux États-Unis, celle de *« the Twenties »*, que nous avons traduite par les **années vingt**. De la même façon, on peut parler des **années soixante** à propos de la décennie allant de 1960 à 1969, puisque ce mode d'expression désigne clairement le chiffre des dizaines de tout millésime. C'est pourquoi il est aberrant de parler, comme le font certains, des « années (19)75 », par exemple, pour la simple raison qu'il n'y a eu dans l'histoire qu'une seule et unique année portant ce millésime.

ANOBLIR, ENNOBLIR

Anoblir est conférer un **titre** de noblesse, tandis qu'**ennoblir** signifie donner de la noblesse **morale**, de la dignité.

-ANT, -ENT

L'orthographe des mots ci-dessous diffère selon qu'il s'agit soit d'un **adjectif** ou d'un **nom** (terminaison **-ent**), soit d'un **participe présent** (terminaison **-ant**). D'où :

adhérer :	(un) **adhérent**, mais (en) **adhérant**
affluer :	(un) **affluent**, mais (en) **affluant**
converger :	**convergent**, mais (en) **convergeant**
différer :	**différent**, mais (en) **différant**
diverger :	**divergent**, mais (en) **divergeant**
équivaloir :	(un) **équivalent**, mais (en) **équivalant**
exceller :	**excellent**, mais (en) **excellant**
influer :	**influent**, mais (en) **influant**
négliger :	**négligent**, mais (en) **négligeant**
précéder :	(un) **précédent**, mais (en) **précédant**
résider :	(un) **résident**, mais (en) **résidant**
somnoler :	**somnolent**, mais (en) **somnolant**
violer :	**violent**, mais (en) **violant**

Remarque. On écrit de la même façon le participe passé (en) **obligeant** et l'adjectif **obligeant**, qui diffère dont de **négligent** par sa terminaison.

Distinguer un **résidant**, qui réside dans un lieu, d'un **résident**, qui réside à l'étranger.

ANTICHAMBRE

Tout comme **chambre**, le nom **antichambre** est du genre **féminin : une** antichambre **pleine** de solliciteurs.

ANTIPODES

C'est abusivement que certains emploient ce terme pour désigner toute région lointaine, comme le Japon ou les îles Hawaii. Si la Nouvelle-Zélande est bel et bien aux **antipodes** de l'Espagne, c'est parce que ces deux pays sont **diamétralement opposés**, ce qui n'est pas le cas de la France et du Japon situés dans le même hémisphère.

ANTISÉMITISME

Censés remonter à **Sem**, fils de Noé, les **Sémites** regroupent un vaste ensemble de peuples du Proche-Orient parlant ou ayant parlé jadis des langues dites **sémitiques**, à savoir, entre autres, les **Arabes** et les **Hébreux**, dont le vocabulaire présente encore de nos jours de frappantes analogies. Il est donc impropre d'employer le mot **antisémite** dans le sens exclusif d'« anti-juif » et de faire d'**antisémitisme** le synonyme d'« anti-judaïsme ».

ANTRE

Ce nom est du genre **masculin** : **un** antre **plein** de bêtes dangereuses.

ANVERS

Dans le nom français de cette ville belge, il faut faire entendre la consonne finale. Il en résulte qu'**Anvers** ne se prononce pas comme le mot **envers**.

AOÛT

Résultant d'un considérable « rétrécissement » du latin *augustus*, le nom du mois d'**août** se prononce tout simplement comme la conjonction **ou**, en une seule syllabe, sans faire entendre la consonne finale.

APERCEVOIR

Contrairement à « appartenir », par exemple, le verbe **apercevoir** ne prend qu'un « **p** ».

APOGÉE

Ce nom est du **masculin**, ce que ne suggère pas sa terminaison en « **-ée** », bien qu'elle se retrouve dans **lycée** et **musée**, dont le genre masculin ne fait pourtant aucun doute.

APPAS, APPÂT

Il convient de distinguer les **appas** féminins des **appâts** du pêcheur.

APPAUVRIR

Comme **appartenir**, le verbe **appauvrir** prend deux « **p** ».

APPELER

Les ignorants ou les étourdis qui écrivent « appeller » avec deux « **l** », comme **interpeller** modifient sans s'en douter la prononciation de ce verbe, déformée en « appèler ».

APPROCHE

Directement calqué sur l'anglais ***approach*** par des traducteurs paresseux, le nom français **approche** désigne trop souvent une manière d'**aborder** ou de **résoudre** une question, un problème.

APRÈS QUE

Trop souvent, la locution conjonctive **après que** est abusivement suivie du subjonctif, alors que s'impose l'**indicatif**, comme l'a rappelé à juste titre l'Académie française. Il est donc incorrect de dire : « Après qu'on **ait** ouvert la fenêtre ; après qu'ils s'en **soient** rendu compte ». Puisqu'il s'agit ici de faits s'étant réellement passés, la logique et la correction imposent l'emploi du verbe auxiliaire au **passé simple** de l'indicatif, soit : « Après qu'on **eut** ouvert la fenêtre ; après qu'ils s'en **furent** rendu compte », ce qui est loin d'être chose acquise si l'on considère que, dans la conversation courante, ce temps, pourtant fort commode, n'est presque plus jamais utilisé en France.

ARABE

Il va de soi que les véritables **Arabes** sont les habitants de la péninsule **Arabique** et non pas tous les peuples qui, du Maroc à l'Irak, adoptèrent la langue (et la religion) des conquérants arabes, tout comme les ancêtres des Italiens, des Espagnols, des Portugais, des Français et des Roumains avaient parlé celle des envahisseurs romains, sans oublier les pays d'Amérique dite latine, qui sont de langue espagnole ou portugaise comme leurs conquérants. Il en résulte que Marocains et Irakiens, pour ne prendre qu'eux, sont en réalité des **arabophones**, avec cette réserve que, au fil des siècles, l'arabe des différents pays jadis conquis a autant évolué que le latin des cinq nations européennes romanisées, au point qu'un Algérien ne comprend guère mieux un Yéménite qu'un Espagnol ne comprend un Roumain. Ces deux derniers ne sont d'ailleurs jamais baptisés « romains », pas plus, d'ailleurs, que la France et le Portugal ne sont présentés comme des « pays romains » ou « latins ».

De surcroît, si de nombreux pays africains et asiatiques furent à la fois **arabisés** (langue) et **islamisés** (religion), il n'en va pas de même de musulmans comme les Iraniens et les Pakistanais, par exemple, qui ne sont jamais qualifiés d'« arabes » pour la simple raison qu'ils parlent des langues d'une tout autre origine. Enfin, nul ne songerait à baptiser « Espagnols » les Argentins, les Chiliens, les Mexicains, et bien d'autres, même s'ils parlent tous cette langue sous sa forme actuelle et s'ils furent christianisés par les Espagnols. Ce sont, en réalité, des **hispanophones** tout comme sont **arabophones** Tunisiens, Libyens, Égyptiens, pour ne citer qu'eux. Il s'agit donc de communautés **linguistiques** et non ethniques.

C'est pourquoi, afin d'éviter toute confusion, il serait sage de distinguer les termes **arabe**, **arabisé** et **islamisé**, ayant trait respectivement à un **pays**, à une **langue** commune — d'ailleurs très diversifiée — et à une **religion** commune, même si ce n'est pas celle de nombreux Libanais, par exemple.

ARCTIQUE

Il faut faire entendre le « **c** » et ne pas prononcer paresseusement « Artique », à l'image de l'adjectif **articulé**. Cette remarque s'applique au continent **Antarctique**.

ARDENNES

Si l'on écrit le département des **Ardennes** en mettant ce nom au pluriel, celui-ci se retrouve au singulier dans la région **Champagne-Ardenne**, car il s'agit ici du massif de l'**Ardenne**.

ARGUER

Dans ce verbe, il faut faire entendre l'« **u** » du nom **argument**. Il en résulte qu'**en arguant** n'est nullement homophone de **en narguant**. On notera donc la différence entre **arguant** et **Argan**, le malade imaginaire de la pièce de Molière.

ARLES

Si, en langue provençale, on habite « **en** Arle », il faut dire en français qu'on habite **à** Arles, tout comme **à** Orange et **à** Aix-en-Provence, qui commencent également par une voyelle. Dans un contexte français, la formule « **en** Arles » est à la fois inexacte et prétentieuse (voir **Avignon**).

ART

Né du latin ***ars, artis***, signifiant d'abord « habileté », le nom **art** ne saurait désigner n'importe quel gribouillage ou n'importe quelle cacophonie, car il implique la maîtrise d'une **technique**, comme l'attestent, entre

autres, l'**art dentaire**, les **arts et métiers** et les **ouvrages d'art**, tels que des ponts et des viaducs. Il convient donc d'employer le nom **art** avec discernement.

ASCENSEUR

On notera que, comme dans **ascension**, le « **c** » appartient à la deuxième syllabe.

ASPECT

Ses deux dernières consonnes étant muettes, ce nom rime avec **parapet** (voir **respect**).

ASSASSINAT

Ce terme s'emploie uniquement quand le coupable a tué avec **préméditation** ; d'où : l'**assassinat** du roi Henri III par le frère Jacques Clément. Il n'est nullement synonyme de **meurtre** (voir ce mot).

ASSEZ SATISFAISANT

L'adverbe **assez** remontant au latin *ad satis*, il résulte que la tournure **assez satisfaisant** portée sur tant de bulletins scolaires constitue un fâcheux **pléonasme**. Considérant que cet adjectif se suffit à lui-même et que l'adverbe **assez** ne constitue pas, en l'occurrence, un enrichissement appréciable, mieux vaut se contenter de la simple mention **satisfaisant**.

ASSOMMER

Ce verbe s'écrit avec deux « **m** », car il est dérivé du nom **somme** et signifie « plonger dans le **sommeil** »... en employant la manière forte !

ASSONANCE

Contrairement au verbe **sonner**, le nom **assonance** ne prend qu'un « **n** » après l'« **o** » (voir **consonance, dissonance** et **résonance**).

ASTÉRISQUE

Ce nom est du genre **masculin** : un mot marqué d'**un** astérisque. La fin de ce mot se prononce bien comme le nom **risque** et non comme celle d'**Astérix**, héros de bande dessinée.

ATLANTIQUE

Ce mot est au singulier dans le département de la **Loire-Atlantique** et au pluriel dans celui des **Pyrénées-Atlantiques**, où il joue le rôle d'**adjectif qualificatif** s'accordant avec le nom qui le précède.

ATMOSPHÈRE

Ce nom est du genre **féminin** et ne prend qu'un « **h** ». Il ne faut donc pas l'écrire avec « **th** » comme athlète : l'**atmosphère** était **étouffante**.

ATTACHÉ-CASE

Bien que le premier élément de ce nom soit emprunté au français, il n'en reste pas moins que cet hybride **attaché-case** est un nom anglais qui, depuis quelques décennies, remplace notre bonne vieille **mallette** ou notre **porte-documents**. Est-ce bien nécessaire ?

ATTRAPER

Contrairement au nom **trappe**, le verbe **attraper** et ses dérivés ne prennent qu'un « **p** ». Cette remarque s'applique au nom composé **chausse-trape**.

AUCUN

Ce mot prend la marque du **pluriel** devant un nom qui n'a pas de singulier : **aucuns** frais, **aucunes** représailles, **aucunes** funérailles.

AUGURE

Ce nom est du genre **masculin** : ce n'est pas de **bon** augure.

AUJOURD'HUI

1. La prononciation « aujôrd'hui » est à bannir comme fausse et vulgaire. Il ne faut donc pas déformer le mot **jour** dans **aujourd'hui**.

2. Point n'est besoin d'être un savant linguiste pour comprendre que l'expression « **au jour** d'aujourd'hui » est un **pléonasme** caractérisé. Les gens qui l'emploient facétieusement feraient bien de s'en abstenir, car leur

exemple risque d'être pris pour argent comptant par des imitateurs insensibles à son caractère pléonastique.

Remarque. L'expression « aujourd'**hui** » est déjà, en soi, un pléonasme, puisque son dernier élément remonte au latin ***hodie***, désignant le jour présent, tout comme l'italien ***oggi***, l'espagnol ***hoy*** et l'allemand ***heute***.

AUQUEL

Ce pronom relatif contenant déjà la préposition **à**, il est incorrect de dire : « C'est **à** l'amour **auquel** je pense », comme on l'a entendu dans une chanson connue. L'expression correcte est : « C'est **à** l'amour **que** je pense ». Cela étant, une humble bergère qui voudrait épouser un grand de ce monde pourra dire : « L'amour **auquel** je pense est irréalisable », en précisant : « C'est **à** l'amour **auquel** je pense que s'oppose ma basse extraction ».

AU TEMPS !

Il s'agit d'un commandement qu'on entend dans les casernes et les gymnases, signifiant qu'il faut revenir **au temps**, c'est-à-dire au moment précis où les exécutants doivent exécuter certains mouvements. C'est pourquoi il ne faut pas l'écrire « autant », mais **au temps**, forme qu'on retrouve dans l'italien ***al tempo***.

AUTHENTIQUE

Cet adjectif de quatre syllabes est de ceux dont abusent volontiers certains beaux esprits, car il fait riche et distingué. Si l'on peut qualifier d'**authentique** une œuvre d'art ou un document, il n'y a, en revanche, aucune raison de parler d'une **authentique** culture ou d'une révolution **authentique.** Dans ces deux derniers cas, il suffit d'employer un adjectif comme **vrai** ou **véritable**.

AUTODÉTERMINATION

Directement calqué par des traducteurs paresseux sur l'anglais ***self-determination***, ce mot ne doit pas faire oublier notre **droit des peuples à disposer d'eux-mêmes.**

AUTOROUTE

Ce nom prend le genre **féminin** du second composant, qui est d'ailleurs celui du premier, ce qui exclut « un » **autoroute** : **une nouvelle** autoroute favoriserait le tourisme.

AUTOUR, AU TOUR

La préposition s'écrit en un seul mot : **autour** du jardin. Mais on écrira en deux mots : c'est **au tour** d'André de battre les cartes.

AUXERRE

Dans le nom du chef-lieu de l'Yonne, l'« **x** » se prononce « **ss** », ce qui exclut la prononciation « Aukserre ». Bien entendu, cette remarque s'applique à l'adjectif **auxerrois**.

AUXILIAIRE

Trop de gens amis des complications déforment ce mot en « auxilliaire » en redoublant l'« **l** » peut-être sous l'influence de **maxillaire**.

AVANT QUE

Contrairement à **après que** (voir ci-dessus), la locution conjonctive **avant que** est suivie du **subjonctif**. Exemples : *Muselez ce chien* ***avant qu'il ne morde****; appelez le médecin* ***avant qu'il ne soit*** *trop tard; ils rentrèrent* ***avant que la pluie ne se mît*** *à tomber*. L'adverbe **ne** introduisant une nuance qui exprime souvent la **crainte**, on pourra s'en dispenser dans des phrases telles que : Elle sera rétablie avant que les beaux jours **soient** de retour ; la réunion prit fin avant que notre représentant **ait** pu s'exprimer.

AVATAR

Ce nom, qui nous vient du sanskrit, désigne aujourd'hui une des phases de la **transformation**, de la **métamorphose**, que subit une personne ou une chose. Exemple : *Le texte original semble avoir subi bien des* ***avatars***.

L'emploi *d'avatar* dans le sens de **mésaventure** constitue un contresens assez répandu. On évitera donc de dire que de nombreux **avatars** ont empêché un sportif de gagner ou qu'une voiture de course a subi des **avatars**. Dans ce dernier cas, le terme propre est **avarie** qui, tout en ressemblant à **avatar**, n'en est nullement le synonyme.

AVÉRER, S'AVÉRER

Le véritable sens du verbe non pronominal **avérer**, de même étymologie que l'adjectif **vrai** (du latin *verus)*, est évident dans une phrase comme : « La nouvelle est **avérée** » signifiant clairement qu'il ne s'agissait pas d'une fausse nouvelle. Aujourd'hui, le verbe pronominal **s'avérer** est de plus en plus employé dans le sens de **se révéler, apparaître**. Exemples : *Ce coureur s'est avéré le plus rapide du lot ; ces champignons se sont avérés vénéneux.* La tournure « s'avérer faux » est le plus souvent condamnée comme juxtaposant le vrai et le faux. Mais elle est approuvée par ceux qui la considèrent comme correcte si le verbe **s'avérer** est uniquement employé dans le sens de **se révéler**, soulignant que, dans ce cas précis, une solution peut aussi bien **s'avérer fausse** qu'**exacte** ou **élégante**. D'ailleurs, ne dit-on pas « c'est **vraiment faux** », signifiant « il est **vrai** que c'est **faux** », sans que l'association de deux notions antinomiques ait rien de choquant ?

Cela dit, malgré ce plaidoyer, la prudence recommande d'éviter l'emploi de « s'avérer faux », qui risque d'être mal accueilli.

AVIGNON

Tous les dictionnaires mentionnent que le poète provençal Théodore Aubanel naquit en 1829 **à** Avignon, avec la préposition **à**, tout comme ils précisent que Maximilien de Robespierre vit le jour en 1758 **à** Arras, avec la même préposition réduite à une lettre. De la même façon, on dit en français : **à** Albi, **à** Alençon, **à** Amiens, **à** Arles, etc. Voilà qui est clair.

Dans ces conditions, comment se fait-il que tant de beaux esprits croient faire preuve d'une suprême distinction en nous gratifiant d'un surprenant « **en** Avignon », employant sans même s'en rendre compte une préposition utilisée en provençal, langue où l'on dit « **en** Avignoun » et « **en** Arle », tout comme les Espagnols disent « **en** Madrid » et « **en** Valencia » ? Si, par « **en** Avignon », ces gens entendent l'ancien domaine pontifical, ils n'ont qu'à dire « dans le comtat Venaissin », dont la capitale était d'ailleurs Vénasque, puis Carpentras. Mais ils ne sauraient raisonnablement ignorer que, de nos jours, Avignon est bel et bien une **ville**, tout comme Arras, Albi, Alençon, Amiens, Arles, etc., dont le nom est précédé de la préposition **à**. Le snobisme des faux intellectuels dût-il en souffrir, il faudra reléguer ce prétentieux « **en** Avignon » au musée des fausses élégances en cessant de confondre la grammaire du provençal avec celle du français.

AVOIR

Au présent de l'indicatif, on écrit **j'ai**, théoriquement prononcé « **jé** », rimant avec **congé**, mais couramment prononcé « **gè** », homophone des noms **geai**, **jais** et **jet**. De même prononciation est la forme (que) **j'aie** du présent du subjonctif, temps où l'on écrit, toujours avec un « **e** », (que) **tu aies**, suivi de (qu') **il ait** prononcé comme **il est**. Il n'en reste pas moins qu'une monstruosité telle que « il faut qu'il **est**... », moins rare qu'on ne le souhaiterait dans nos lycées actuels, est inadmissible. La seule graphie correcte est : « il faut qu'il **ait**... ».

Au présent du subjonctif, les formes (que) nous **ayons** et (que) vous **ayez** ne prennent pas d'« i ». Peut-être influencées par l'imparfait de l'indicatif : nous **payions**, vous **payiez**, les formes « que nous ayions » et « (que) vous ayiez » sont donc à proscrire.

AVOIR ÉTÉ

Dans la mesure où le verbe **être** peut aussi signifier **séjourner, se trouver**, il va de soi qu'on peut le conjuguer, entre autres, aux temps suivants de l'indicatif :

Présent : Luc **est** au Japon.

Imparfait : Luc **était** au Japon.

Futur simple : Luc **sera** au Japon.

Passé composé : Luc **a été** au Japon.

Halte-là ! Sans nous expliquer pourquoi, de prétendus « linguistes » condamnent cette dernière forme, tout en acceptant les trois précédentes. En d'autres termes, on peut fort bien séjourner quelque part, mais il serait interdit d'y **avoir** séjourné. Et, au passé composé, ces austères censeurs exigent que le verbe **être** soit remplacé par le verbe **aller**, ne tolérant, à ce temps, que la formule : « Luc **est allé** au Japon ». Partant de ce principe totalement erroné, certains auteurs de livres de grammaire n'hésitent pas à révéler à leurs crédules lecteurs que le verbe **aller** n'a pas moins de deux participes passés : **allé** et... **été** !

Ces élucubrations grammaticales appellent une mise au point. En disant, au passé composé, que Luc **a été** au Japon, on signale tout simplement qu'il a fait un séjour dans ce lointain pays, d'où il est revenu. Mais s'il n'est que momentanément absent, on s'attirera cette réponse : « Il **est allé** à la poste », ce qui signifie qu'il devrait bientôt être de retour. Et, quand il sera de nouveau parmi nous, rien ne nous empêchera de dire qu'il **a été** à la poste, même s'il n'y a passé que quelques minutes.

Cette « nuance » appréciable serait-elle trop subtile pour certains ?

AVORIAZ

La consonne finale est **muette** dans le nom de cette station de sports d'hiver de Haute-Savoie, qui rime donc avec **Maria**.

AYANT DROIT

Au pluriel, le premier de ces deux mots prend un « **s** ». D'où : les **ayants** droit sont priés de se faire connaître au plus vite.

AZALÉE

Quoique ses deux dernières lettres lui donnent bien l'allure d'un nom féminin, on constate avec surprise que nombre de gens parlent à tort d'« un » azalée. On n'en dira pas moins « de **belles** azalées ».

B

BADOGLIO

Dans le nom de ce maréchal italien qui, en 1943, succéda à Mussolini à la tête du gouvernement, le « **g** » ne se prononce pas (voir **Modigliani**).

BAGOU, BAGOUT

Les deux graphies sont admises, mais l'« **u** » de la seconde ne prend pas d'accent circonflexe.

BAILLER, BÂILLER, BAYER

1. Écrit sans accent circonflexe, le verbe **bailler** est un mot vieilli qui signifie **donner**. Il survit de nos jours dans des expressions telles que « vous me la **baillez** belle », ainsi que dans son dérivé un **bailleur** : cette somme nous sera fournie par un **bailleur** de fonds.

2. Écrit avec un **accent circonflexe**, le verbe **bâiller** remonte au latin ***badare*** (ouvrir la bouche) par l'intermédiaire de son dérivé ***bataculare*** : quand vous **bâillez**,

ayez au moins la politesse de mettre la main devant votre bouche.

3. Le verbe **bayer**, autre forme de **béer** (cf. bouche **bée)** est un doublet du précédent. De nos jours, on ne le rencontre plus que dans l'expression « **bayer** aux corneilles ».

BALANCE

Quand ce nom anglais d'origine française signifie **équilibre**, ce n'est pas le traduire que le rendre paresseusement par **balance** dans un contexte français.

BAN, BANC

Ne pas confondre le **ban** de la société apparenté au verbe **bannir** avec le **banc** des accusés.

BANAL

Le masculin pluriel **banaux** s'emploie uniquement pour désigner des **fours**, des **moulins** qui sont à l'usage de tous.

Dans tous les autres cas, le masculin pluriel est **banals** : des propos **banals**.

BAPTISTE, BATISTE

Contrairement au prénom, le nom de ce tissu s'écrit sans « **p** ».

BARBARISME

Il s'agit d'une faute de langage assez couramment répandue et qui consiste à déformer des mots. Exemples : « fratras » pour **fatras**, « carroussel » pour **carrousel**, il « buva » pour il **but**, il « s'aperceva » pour il **s'aperçut**, « hynoptiser » pour **hypnotiser**.

Certains grammairiens classent parmi les barbarismes de véritables **contresens** qui, en fait, sont des **impropriétés**, telles que l'emploi erroné de « grossesse » pour **grosseur**, de « percepteur » pour **précepteur**, de « dentition » pour **denture**, de « tendresse » (d'une viande) pour **tendreté**.

On commet précisément un **barbarisme** en confondant ce nom avec **barbarie**, synonyme de **cruauté** et de **férocité**.

BARMAN

Ceux qui préfèrent ce terme anglais au français **serveur** devraient jouer le jeu jusqu'au bout en remplaçant le faux pluriels « barmans » par la forme correcte ***barmen***.

BASER

Ce verbe est condamné par certains, qui lui préfèrent **fonder**. Pour ne pas s'exposer à des critiques, mieux vaut donc remplacer « une opinion **basée** sur des faits » par une opinion **fondée** sur des faits. En tout état de cause, on peut toujours dire : **s'appuyer** sur, **prendre appui** sur, **prendre pour base**.
Dans le domaine militaire, l'emploi du verbe **baser** est tout à fait justifié : les forces navales américaines **basées** en 1941 à Pearl Harbor.

BATEAU

Bien que l'« **a** » de la première syllabe ne se prononce pas comme celui de **gâteau** ou de **château**, nombreux sont les gens qui, pour des raisons obscures, écrivent « bâteau » avec un accent circonflexe, totalement immotivé.

BATTRE SON PLEIN

Contrairement à une idée reçue assez répandue, le mot **son** n'est pas ici un nom mais un **adjectif possessif** se rapportant au nom **plein**. Il en résulte que si la fête bat **son plein**, les fêtes battent **leur plein**.

BAUDELAIRE, BEAUMARCHAIS

Les candidats au baccalauréat et les étudiants en lettres ont intérêt à se rappeler que seul le second de ces deux noms contient un « **e** » après la consonne initiale.

BÉNÉFIQUE

C'est là un adjectif qui, comme tant d'autres, fait riche et distingué et dont certains ont tendance à abuser. Or, il se trouve que **bénéfique** s'oppose à **maléfique** : considérez-vous le nombre treize comme **maléfique** ou **bénéfique** ? Il n'y a donc aucune raison de dire qu'un médicament ou que l'air pur est **bénéfique**, alors qu'il est, en réalité, **bienfaisant** ou **salutaire**.

BÉNIN

Le féminin de l'adjectif **bénin** n'est pas « bénine », mais **bénigne** : les tumeurs **bénignes** s'opposent aux tumeurs **malignes** (voir **malin**).

BESOIN

On a besoin **de** quelque chose avec la préposition **de**. Ceux qui, trop nombreux, mutilent la langue française au point de dire : « Ce **que** j'ai besoin... » auraient intérêt à employer un autre pronom relatif pour transformer leur phrase en : « Ce **dont** j'ai besoin... », même si, de nos jours, le mot **dont** n'est pas des plus employés dans la conversation courante.

BIBLIOTHÈQUE

Dans nos gares, ce nom sert à désigner le **kiosque** où sont vendus livres, magazines, hebdomadaires et quotidiens.

BICYCLETTE

Comme le chantait Yves Montand, on roule, on circule, on voyage, on se déplace **à** bicyclette, car on n'est pas à l'intérieur du véhicule, ce qui exclut « en » bicyclette. De la même façon, on se déplace **à** cheval, considérant que l'expression « **en** cheval » serait des plus grotesques...

BIENTÔT

Cet adverbe est formé de deux adverbes, dont le premier joue le rôle de **très**, comme dans : « il est **bien** tard » ou « elle est **bien** faible ». C'est pourquoi l'expression « **très** bientôt » est souvent considérée comme pléonastique et condamnable. Mieux vaut donc l'éviter et se contenter de **bientôt**, en un seul mot.

On écrit en deux mots : « Il est **bien tôt** pour prendre une telle décision, que je juge trop hâtive ».

BIÈRE

Assez fréquente est l'erreur consistant à doubler la consonne de la dernière syllabe pour déformer ce nom en « bierre » à l'image d'une **pierre**.

BIFTECK

Bifteck est la forme plus ou moins francisée de l'anglais ***beefsteak***, composé de ***beef*** (bœuf) et de ***steak*** (tranche). En français, la première syllabe s'écrit **bif**, représentant la prononciation de l'anglais ***beef*** ; quant à la seconde, nous l'écrivons **teck**, d'une part parce que nous ne prononçons pas l'« **s** » et, de l'autre, parce que notre « **e** » est censé représenter le son « **ea** » de l'anglais ***steak***.

Dans les boucheries de France, on rencontre assez souvent la graphie « bifteack », où seule la première syllabe est logiquement transcrite ; le « ea » et, surtout le « c » de la seconde syllabe sont ici hors propos.

BIMENSUEL, BIMESTRIEL

Une revue **bimensuelle** paraît **deux fois par mois**, tandis qu'un revue **bimestrielle** le fait **tous les deux mois**, tout comme une revue **trimestrielle** paraît **tous les trois mois**. Cette comparaison permet de ne pas confondre les adjectifs **bimensuel** et **bimestriel**.

BLANCHIMENT, BLANCHISSAGE

Le **blanchiment** est l'action de blanchir ce qui est **teinté** ou, au sens figuré, ce qui est **d'origine douteuse**. Exemple : *Le* **blanchiment** *de l'argent de la drogue est une opération relativement fréquente.*

Le **blanchissage** se dit surtout du **lavage** du linge.

BLOC

Ce mot est une traduction servile de l'anglais ***block*** quand il a le sens particulier de *pâté de maisons.*

BOER

Dans ce nom néerlandais qui signifie « paysan » et désignait à l'origine tout colon venu des Pays-Bas pour s'installer en Afrique du Sud, le diagramme « **oe** » est l'équivalent du français **ou**. Il en résulte que le mot **Boer** se prononce comme s'il s'écrivait « bour » et non pas comme l'étrange juxtaposition des mots français **beau** et **air**.

Cette remarque s'applique à la première syllabe du patronyme du célèbre entraîneur belge de football Raymond **Goethals**, qui n'est nullement homophone de celle de **Goethe**, célèbre écrivain allemand.

BŒUF

La consonne « **f** » étant ici **muette** au pluriel, le mot **bœufs** se prononce non pas comme s'il rimait avec des **veufs**, mais avec l'adjectif **bourbeux** (voir **œuf**).

BON

L'emploi de cet adjectif suivi de l'adverbe **bien** réduit à « bain » donne naissance à cet incontournable « bon bain », dont certaines personnes n'hésitent pas à émailler continuellement leurs phrases sans se rendre compte à quel point cette répétition grotesque peut être irritante.

BONHOMME

On oublie souvent que le premier élément de ce mot prend, lui aussi, la marque du pluriel : des **bonshommes (-zom)**.

Bien que formé sur **bonhomme**, le nom **bonhomie** ne prend qu'un « **m** » à la grande indignation des réformateurs de l'orthographe qui brûlent d'envie de le doubler.

BONN

Le nom de cette ville allemande se prononce avec un « **o** » **ouvert**, comme le français **bonne**, dont la graphie est très voisine. On se demande bien pourquoi certains locuteurs le transforment en « Beaune » ou « Bône », ce qui est à la fois faux et équivoque. Pourquoi un Dijonnais franchirait-il donc la frontière allemande pour aller à « Beaune » ?

BORDEL

Remontant étymologiquement au francique ***borda*** (cabane de planches) et apparenté à l'anglais moderne ***board*** (planche), le nom français **bordel** ou **bordeau**, dérivé de **borde**, désignait tout naturellement une petite maison, une humble cabane. De nos jours, nombreux sont les patronymes comme **Laborde**, **Delaborde**, **Des-**

bordes, où se retrouve le nom **borde**, qui désigna aussi une ferme. Un **bordel** étant moins bien entretenu qu'une maison bourgeoise, il n'y a rien d'étonnant à ce que l'expression : « C'est le **bordel** » ait pu signifier : « C'est le **désordre**, la **pagaille** ». Or, le **bordel** étant souvent le lieu de **prostitution** de filles de peu, ce nom a rapidement pris le sens que nous lui connaissons aujourd'hui. Cela dit, ceux qui considèrent l'expression : « C'est le **bordel** » comme grossière et déplacée sont totalement dans l'erreur pour qui connaît le sens primitif de ce terme.

BOUEUX

Ce mot est un adjectif signifiant : **couvert de boue**. Exemples : *un terrain boueux, des chaussures boueuses.*

L'employé municipal chargé de l'enlèvement des ordures ménagères et autres immondices n'est pas un « boueux », mais un **éboueur**, car il effectue l'**ébouage**.

BOURG-EN-BRESSE

Dans le nom de la ville de **Bourg**-en-Bresse, chef-lieu du département de l'Ain, le « **g** » se prononce « **k** ».

BOURSOUFLER

Contrairement à **souffler**, le verbe **boursoufler** et ses dérivés ne prennent qu'un « **f** », au grand dam des inlassables réformateurs de l'orthographe.

BROGLIE (DE)

La tradition veut que l'on prononce ce patronyme d'origine italienne d'une manière rappelant l'original, à savoir « **Breuil** » rimant avec **treuil**.

BRUXELLES

Comme dans le nom de la ville d'**Auxerre** (voir ce mot), l'« **x** » de Bruxelles se prononce « **ss** ». Il ne faut donc pas dire « Bruksellles ».

BUNDESTAG

Dans ce nom désignant l'Assemblée législative allemande, l'« **s** » et le « **t** » appartiennent à deux syllabes différentes, ce qui donne tort aux gens mal renseignés qui, par excès de zèle, le prononcent « bundechtag » en croyant de bonne foi faire allemand.

BUS

En anglais, ce nom désigne aussi bien un **autobus** circulant en ville qu'un **autocar** effectuant des parcours plus longs de ville à ville. Dans ce second cas, ceux qui parlent en français de « bus » ou d'« autobus » commettent une erreur.

BUT

La tournure « **dans** le but de... » est critiquée par des gens de bon sens qui, à l'instar de Littré, considèrent que si l'on est « **dans** le but », on n'a plus besoin de chercher à l'atteindre. Les formules de substitution ne manquent pas : **pour, afin de, en vue de, dans l'intention de**, qui ne risquent pas d'être contestées.

La tournure « **poursuivre** un but » est également critiquée pour la simple raison que, en bonne logique, elle ne saurait s'appliquer qu'à un but **mobile**. Il est donc prudent de la remplacer par : **tendre à un but, tendre vers un but, viser un but, se proposer un but**. On peut aussi dire tout simplement : « **Notre but** est de… », ou : « Nous avons **pour but** de… ». Étant donné l'abondance du choix, il est facile de renoncer à « poursuivre un but ».

C

ÇA, ÇÀ

Forme abrégée de **cela**, le pronom démonstratif **ça** est réservé au style familier : **ça** ne va pas très fort. Signifiant **cette chose-là**, le pronom **cela** s'oppose à **ceci**.

Écrit avec un **accent grave**, l'adverbe de lieu **çà** est quelque peu trompeur, car il signifie **ici** et non pas **là**, auquel il s'oppose comme le montre l'expression **çà et là**. On le retrouve dans l'adverbe **deçà**, opposé à **delà** : les cabris gambadent **deçà delà**. Enfin, la locution prépositive **en deçà de** signifie **de ce côté-ci de** et s'oppose à **au-delà de**. Exemple : *Pour nous, les Vosges se dressent* ***en deçà*** *du Rhin ;* ***au-delà*** *de ce fleuve se trouve la Forêt Noire.*

-CABLE, -QUABLE

À la catégorie des adjectifs terminés par **-cable** généralement dérivés de verbes appartiennent entre autres[1] :

---

1. Il convient d'ajouter à cette liste **implacable** et **inextricable** pour lesquels il n'existe pas de verbe correspondant.

appliquer : applicable **communiquer : communicable** **confisquer : confiscable** **convoquer : convocable**	**évoquer : évocable** **expliquer : explicable** **pratiquer : praticable** **révoquer : révocable**

Le « **qu** » du radical du verbe se retrouve dans :

attaquer : attaquable **critiquer : critiquable**	**(manquer) : immanquable** **remarquer : remarquable**

-CAGE, -QUAGE

S'écrivent avec un « **c** » devant le suffixe **-age** :

bloquer : blocage **décortiquer : décorticage** **mastiquer : masticage**	**parquer : parcage** **plaquer : placage** [1] **plastiquer : plasticage**

Conservent le radical du verbe :

astiquer : astiquage **braquer : braquage** **claquer : claquage** **marquer : marquage**	**matraquer : matraquage** **piquer : piquage** **remorquer : remorquage** **repiquer : repiquage**

Remarque. On écrit indifféremment **trucage** ou **truquage**.

1. En terme de **rugby**, on écrit aussi **plaquage**.

CAHOT, CHAOS

Un **cahot** est un **saut** fait par un véhicule sur un chemin ou un terrain inégal. L'adjectif correspondant est **cahoteux.**

De même prononciation que le précédent, le nom **chaos** désigne la **confusion**, le **désordre**. L'adjectif correspondant est **chaotique**.

CAMERAMAN

Ceux qui préfèrent ce mot anglais au français **cadreur** n'ont aucune raison de substituer le faux pluriel « cameramans » à la forme correcte, qui est **cameramen**.

CAMPAGNE (EN)

Si une armée peut se mettre **en** campagne, on ne saurait aller ou habiter « en » campagne, mais **à la** campagne.

CANET, LE CANNET

Le nom de **Canet**-en-Roussillon (Pyrénées-Orientales) s'écrit avec un seul « **n** » et n'est pas précédé de l'article défini. D'où : un mois de vacances **à Canet**.

Contrairement au précédent, **Le Cannet** (Alpes-Maritimes) est accompagné de l'**article défini** et prend **deux** « **n** ». D'où : un assez long séjour **au Cannet**.

-CANT, -QUANT

L'orthographe des mots ci-dessous — de même prononciation — diffère selon qu'il s'agit, soit d'un **adjectif** ou d'un **nom (-cant)**, soit d'un **participe présent**

(-quant). Dans ce dernier cas, le radical du verbe reste inchangé, sauf pour le verbe **convaincre**. Soit :

VERBE	NOM OU ADJECTIF	PARTICIPE PRÉSENT
communiquer	**communicant**	(en) **communiquant**
convaincre	**convaincant**	(en) **convainquant**
fabriquer	(un) **fabricant**	(en) **fabriquant**
provoquer	**provocant**	(en) **provoquant**
suffoquer	**suffocant**	(en) **suffoquant**
vaquer	**vacant**	(en) **vaquant**

Le **nom** ou l'**adjectif** et le **participe présent** s'écrivent de la même façon dans les cas suivants :

VERBE	NOM OU ADJECTIF	PARTICIPE PRÉSENT
attaquer	(un) **attaquant**	(en) **attaquant**
choquer	**choquant**	(en) **choquant**
manquer	**manquant**	(en) **manquant**
pratiquer	(un) **pratiquant**	(en) **pratiquant**
trafiquer	(un) **trafiquant**	(en) **trafiquant**

CAPARAÇONNER

Ce verbe, qui n'a strictement rien à voir avec une **carapace**, est apparenté au nom **cape** (manteau). La forme « carapaçonner » est donc un **barbarisme** apparemment plus répandu que la forme correcte.

CARAVANE

Pendant des siècles, ce nom a désigné en français uniquement un groupe de gens traversant le désert, le plus souvent avec des chameaux. Or, peut-être sous l'influence des noms *car* et *van* portés chacun par un véhicule, il a suffit que le mot anglais *caravan* désignât une **roulotte de camping** pour que le français **caravane** acquît ce second sens. S'il est des gens qui craignent que le nom **roulotte** ne les assimile fâcheusement à des bohémiens, rien ne les empêche de parler de **remorque habitable** ou de **remorque de tourisme**.

« CAR EN EFFET »

Fréquemment employée sur nos ondes, cette tournure n'en est pas moins un **pléonasme**, étant donné que **car** et **en effet** signifient à peu près la même chose, comme le montrent les deux exemples suivants : « *Il n'a pas pu commettre ce vol,* ***car*** *il était à l'hôpital ce jour-là* » et « *Il n'a pas pu commettre ce vol; il était,* ***en effet,*** *à l'hôpital ce jour-là.* »

CAROTTE

Contrairement à l'anglais *carrot*, le nom français **carotte** prend un « **r** » et deux « **t** ».

CARROUSEL

Ne prenant qu'un « **s** », ce nom se prononce « carrouzel ». La prononciation « carroussel » est un **barbarisme** classique : la place du **Carrousel** est située en plein cœur de Paris.

CASSIS, CASSIS

L'« s » final se prononce quand ce nom désigne l'**arbuste**, le **fruit** ou la **liqueur**.

L'« s » final est muet quand ce nom désigne une

rigole en travers d'une route, et qui a pour contraire le dos-d'âne. Cette consonne finale est également muette dans le nom de la ville de **Cassis** (Bouches-du-Rhône), aux portes de la Côte d'Azur.

CAUCHEMAR

Ce nom est souvent écrit à tort « cauchemard », peut-être sous l'influence de l'adjectif **cauchemardesque**.

CAUSER

On parle **à** quelqu'un ou **avec** quelqu'un. En revanche, on ne cause pas « à » quelqu'un, mais **avec** lui. Et si

l'on peut **causer** des soucis **à** quelqu'un, c'est dans une tout autre acception de ce verbe.

CECI, CELA

Dans le **temps**, le pronom **cela** s'applique en principe à ce qui **précède** et **ceci** à ce qui **suit**. Exemples : *Cela dit, passons à autre chose. Cela vous a-t-il convenu ? Sachez bien* ***ceci*** *: ce document est un faux* !

Dans l'**espace**, **ceci** s'applique à ce qui est **proche** et **cela** à ce qui est **éloigné** : **ceci** est une miniature, **cela** est une estampe.

Remarque. Contrairement à **voilà**, le pronom **cela** ne prend pas d'accent grave.

CÉDILLE

Ce petit signe se place sous la lettre « **c** » devant les voyelles « **a** », « **o** » et « **u** » pour que cette consonne soit prononcée comme un « **s** » et non comme un « **k** ». Exemples : ***français, glaçon, déçu***.

Il est déplorable que des légions d'étourdis dûment scolarisés oublient, quand elle s'impose, cette indispensable cédille pour en orner bien inutilement des mots comme **glacé**, **menacé** et **merci**, stupidement défigurés en « glaçé », « menaçé » et « merçi ».

CELLIER, SELLIER

Un **cellier** (cf. l'anglais *cellar*, cave) est une **pièce fraîche** où sont entreposés vins et provisions.

Un **sellier** est un artisan qui fabrique des **selles**.

CELUI, CELLE, CEUX, CELLES

Il est déconseillé de faire suivre ces pronoms démonstratifs directement d'un **participe passé**. Au lieu de dire : « Ces modèles sont les mêmes que **ceux exposés** en vitrine », on emploiera de préférence la tournure suivante : « Ces modèles sont les mêmes que **ceux qui sont exposés** en vitrine ».

CENSÉ, SENSÉ

Commençant par un « **c** », l'adjectif **censé** signifie **supposé, considéré comme**. Exemple : *Nul n'est censé ignorer la loi.*

Commençant par un « **s** », l'adjectif **sensé** signifie doué de **bon sens**, ce dernier mot indiquant clairement l'initiale de l'adjectif. Exemple : *Je ne l'ai jamais entendu tenir des propos sensés.*

CENT

Ce mot prend la marque du **pluriel** quand il est **précédé** d'un nombre qui le multiplie. Exemples : *Cinq* ***cents*** *fantassins et deux* ***cents*** *artilleurs.* Mais il reste **invariable** si, dans ce même cas, il est **suivi** d'un autre nombre. Exemples : *Cinq* ***cent*** *vingt francs et deux* ***cent*** *cinquante florins.*

Devant **mille, cent** ne s'accorde pas : trois **cent** mille hectares.

On écrit **sans trait d'union : cent un, deux cent trois**, etc.

Remarque. L'ignorance de l'orthographe étant ce qu'elle est, nombreux sont ceux qui, de nos jours disent prudemment : « six **cents** / étudiants » sans faire entendre la liaison qui s'impose. Or, s'ils avaient un minimum de jugeote, ils se rappelleraient que, sauf rarissimes exceptions, ils la respectent bel et bien dans « deux **cents** ans » en faisant précéder ce dernier nom du son « **z** ». Mais l'intelligence humaine a, semble-t-il, des limites...

CE QUI, CE QU'IL

La confusion entre les deux tournures est favorisée par la prononciation dans la mesure où la consonne du pronom **il** n'est pas toujours audible. Puisqu'elles sont très souvent interchangeables, on peut dire aussi bien : « C'est là tout **ce qui** me reste » que : « C'est là tout **ce qu'il** me reste ». Toutefois, on emploie uniquement **ce qu'il** quand on veut sous-entendre l'**infinitif** du verbe exprimé.

Exemples : *« Ils n'ont pas fait tout* ***ce qu'il*** *fallait (faire) ; ils révéleront tout* ***ce qu'il*** *leur semblera bon (de révéler) ; nous dirons toujours* ***ce qu'il*** *nous plaira (de dire) ».*

CERF

La consonne finale est muette, comme dans **cerf-volant** et **nerf**.

CESSION, SESSION

Une **cession** est l'action de **céder** : la **cession** de tous vos biens.

Le nom **session** est de la même famille que **siéger** et **séance** : la **session** parlementaire.

C'EST

Bien que des auteurs connus aient employé le verbe au **singulier** devant un nom au **pluriel** en écrivant, par exemple : « **C'est** de braves gens », il est plus élégant et plus approprié de le mettre au **pluriel** : **ce sont** de braves gens ; **c'étaient** des monstres ; **ce seront** de longues files d'attente.

C'EST-À-DIRE

Dans cette locution, la préposition **à** est encadrée de **deux traits d'union**.

CHACUN

Quoiqu'il y ait des cas où **chacun** puisse être indifféremment suivi des adjectifs possessifs **son, sa, ses** se rapportant à **un seul** possesseur ou de **leur, leurs** relatifs à **plusieurs**, il est préférable de s'en tenir à la première solution, d'où : ils vont **chacun** de **son** côté ; vous remettrez ces objets **chacun** à **sa** place ; on testera trois ouvriers, **chacun** dans **sa** spécialité. Ce choix est justifié par le fait que **chaque** homme va de **son** côté, que **chaque** objet retrouvera **sa** place et que **chaque** ouvrier fut testé dans **sa** spécialité.

CHAIR

Voir **chère**.

CHALLENGE

Longtemps employé en français dans une acception sportive, le nom anglais ***challenge*** n'est que trop souvent utilisé pour désigner un **défi**, une **gageure**, une **entreprise difficile** dans laquelle on s'engage.

Chalon-sur-Saône, Châlons-sur-Marne

On remarquera que, contrairement à son homophone, le premier élément du nom du chef-lieu de la Marne s'écrit avec un **accent circonflexe** et un « **s** » en position finale.

Chamonix

La consonne finale du nom de cette ville de Haute-Savoie est **muette. Chamonix** rime donc avec **macaroni**.

Charente

Employé au **singulier** dans les départements de la **Charente** et de la **Charente-Maritime**, ce nom l'est au **pluriel** dans la région **Poitou-Charentes**.

CHARGE (EN)

« Être **en charge de...** » est le calque intégral de l'anglais *to be in charge of...*, qu'il faut rendre par **commander, avoir la direction de, être préposé à**.

CHARIOT

Contrairement à **charrette, charroi, charron, charrue** et **charrié**, le nom **chariot** ne prend qu'un « **r** ». Plutôt que de simplifier la graphie des cinq premiers mots en les amputant d'un « **r** », les infatigables réformateurs de l'orthographe suggèrent paradoxalement de doubler celui de **chariot**, métamorphosé en « charriot ». Ce choix est-il bien logique ? Et qu'y aurait-il de choquant à amputer d'un « **r** » le mot **charrette** pour l'aligner sur le patronyme du chef vendéen François de **Charette** ?

CHÂSSE, CHÂSSIS

Ces deux noms et leurs dérivés sont les seuls de la langue française où l'on trouve un accent, en l'occurrence **circonflexe**, sur une voyelle suivie d'une **consonne double**.

CHATEAUBRIAND

Contrairement au nom commun **château**, le patronyme de cet écrivain ne prend pas d'**accent circonflexe**.

CHEMINEAU, CHEMINOT

Un **chemineau** est un **mendiant** doublé d'un vagabond. Un **cheminot** est un employé des **chemins de fer**.

CHEPTEL

Dans ce nom qui s'écrivait anciennement **chetel**, un « **p** » étymologique a été introduit au XVIIe siècle pour rappeler qu'il venait du latin ***capitale***. Peu à peu, les gens — surtout des citadins — qui ont lu ce mot avant de l'entendre se sont mis à prononcer le « **p** » qui, pourtant, est bel et bien muet dans **sept** et **compter**, par exemple. Cela dit, la prononciation « chetel » ou « ch'tel » par élision de la première voyelle est encore bien vivante dans le monde agricole.

ANCIEN CHEMINOT DEVENU CHEMINEAU.

CHER

On n'emploie « **cher** Monsieur », « **chère** Madame », « **chère** Mademoiselle » (ces trois noms écrits avec une **majuscule**) que si l'on s'adresse à une personne à laquelle on est attaché par des liens d'**amitié** ou d'**affection**. Il convient donc de ne pas abuser de ces tournures familières.

CHÈRE

L'expression « faire bonne **chère** » a d'abord signifié « faire bon **visage** » (cf. l'espagnol ***cara***, visage), donc bon **accueil**, puis « (se) **bien nourrir** ». C'est par extension que le nom **chère** a désigné la qualité des mets dans **faire bonne chère**. Même si le menu contient de la viande, l'emploi du nom **chair** constitue à la fois une impropriété et une faute d'orthographe.

CHEZ

Cette préposition remonte au latin ***casa***, que l'on retrouve en italien et en espagnol. C'est pourquoi elle signifie « dans la **maison** de ». Il faut dire : nous allons **chez** nos grand-parents, **chez** le coiffeur, **chez** la manucure (voir **à**).

CHICAGO

Dans le nom de cette ville américaine, le digramme « **ch** » représente tout simplement le son contenu dans le français **chic**. La prononciation « Tchicago » due à un excès de zèle tout à fait hors de propos n'est ni américaine, ni française, mais... espagnole.

CHIFFRES « ARABES »

Qualifier d'« arabes » les dix chiffres utilisés en France et dans la plupart des pays du monde est d'autant plus équivoque et fâcheux que, à part le **1** et le **9**, dont le dessin est à peu près le même que celui des nôtres, les chiffres ayant cours dans les pays de langue arabe sont totalement différents de ces derniers. Ainsi, le nombre que nous écrivons **70** signifie **65** pour tout arabophone. C'est pourquoi, afin d'éviter toute confusion, il y aurait intérêt à qualifier d'**occidentaux** les chiffres qui ont cours dans nos pays sous l'appellation trompeuse d'« arabes ».

CHOQUER

Pendant des années, le verbe français **choquer** a surtout été employé, tout comme l'anglais ***to shock***, dans le sens d'**offusquer**. Exemple : *Tartuffe se prétend choqué par la nudité du sein d'Elmire.* Mais le verbe anglais signifie aussi, selon le cas, **atterrer**, **bouleverser**, **traumatiser**. Un reporter de la télévision française ayant relaté le 22 novembre 1963 que les Américains avaient été très « choqués » (anglais ***shocked***) par l'assassinat à Dallas du président Kennedy, ce mot fut de plus en plus employé à tort dans ce faux sens, qui en fait aujourd'hui un synonyme de **traumatisé**. Dans bien des cas, ce fâcheux glissement de sens peut être à l'origine d'équivoques.

CHOU-FLEUR

Les deux éléments de ce nom composé prennent la marque du pluriel. D'où : deux **choux-fleurs**.

CIEL

Si le pluriel normal de ce nom est **cieux**, on parle de **ciels** en peinture, de même qu'on dit des **ciels** de lit.

CIRCONSCRIRE

Avec ses quatre syllabes, ce verbe ne manque pas d'attrait pour les « locuteurs » de notre radio et de notre télévision, qui n'hésitent pas à l'employer solennellement dans le sens usurpé d'**éteindre** un incendie ou de le **maîtriser**, alors qu'il signifie en réalité **tracer une limite** autour du sinistre pour l'empêcher de s'étendre.

CIRCONSTANCIEL, SUBSTANTIEL

La dernière syllabe de **circonstanciel** commence par un « **c** », celle de **substantiel** par un « **t** » et ces deux adjectifs riment parfaitement ensemble.

CISEAU, CISEAUX

Un **ciseau** est un **instrument** fait d'une **lame d'acier trempé** dont une des extrémités est taillée en biseau et qui sert à travailler le fer, la pierre ou le marbre.

Le pluriel **ciseaux** désigne l'**instrument de métal à deux branches** dont on sert pour couper du papier, du tissu, etc.

CLÉ, CLEF

Les deux graphies sont admises.

CLEMENCEAU

Bien que sa première syllabe se prononce « **clé** » le patronyme du « Tigre » ne prend pas d'accent aigu.

CLINQUANT

Parler de « **faux** clinquant » constitue un **pléonasme** quand ce nom est employé dans le sens d'**éclat trompeur**.

CLORE, CLÔTURER

Dans le sens d'« entourer d'une **clôture** », le verbe **clôturer** fait double emploi avec **clore**. Il en résulte qu'on peut aussi bien **clore** un jardin que le **clôturer**.

Dans tous les autres cas, il est recommandé d'employer le seul verbe **clore**. On dira donc **clore** les paupières, une séance, un débat, une discussion, une réunion, un compte, un incident, etc. Exemple : *L'incident est clos... et non pas « clôturé »* !

COASSER, CROASSER

La grenouille **coasse** et le corbeau **croasse**.

COLLABORER, COOPÉRER

On commet un très fâcheux **pléonasme** en parlant de « collaborer **ensemble** » ou de « coopérer **ensemble** », cette dernière idée étant déjà contenue dans le préfixe commun à ces deux verbes.

COLLIMATEUR

Ne pas oublier dans ce mot, le double « **l** ». Peut-être influencée par **colimaçon**, la graphie « colimateur » est à proscrire.

COLLISION, COLLUSION

Une **collision** est un **choc** de deux corps : deux autocars sont entrés en **collision**.

Une **collusion** est une **entente secrète** entre deux parties, au préjudice d'un tiers.

COLORER, COLORIER, COLORISER

Le verbe **colorer** signifie « **donner** de la couleur à ». Exemple : *Un soleil radieux* ***colore*** *les murs de ce salon.* Le nom correspondant est **coloration**.

Le verbe **colorier** signifie « **appliquer** des couleurs sur ». Exemple : *On peut colorier ces photographies au pinceau*. Le nom correspondant est **coloriage**.

La technique moderne permet de **coloriser** un film tourné en noir et blanc. Le nom correspondant est **colorisation**.

COMME

La tournure « comme **par exemple** » constitue un **pléonasme**, car le mot **comme** se suffit à lui même : notre pays connut bien des invasions, **comme** celle des Huns.

COMMÉMORER

Avec ses quatre syllabes, le verbe **commémorer** fait suffisamment majestueux pour connaître les faveurs de maints journalistes qui ne cessent de nous annoncer qu'un **anniversaire** a été « commémoré », ce qui fut notamment le cas pour le Bicentenaire de la Révolution française. Or, point n'est besoin d'être un virtuose de l'étymologie pour savoir que ce verbe signifie « rappeler à la **mémoire** ». Et un soupçon de bon sens permet de comprendre que ce n'est point un anniversaire, mais bel et bien un **événement** qu'on rappelle à la **mémoire**, afin qu'il soit dûment **mémorisé**.

C'est pourquoi l'Académie française a fort logiquement rappelé qu'on ne « commémore » pas un **anniversaire**, mais qu'on le **fête** ou qu'on le **célèbre**, même si ces deux verbes sont moins impressionnants que celui qui les précède.

COMMENCER

Pour une raison assez obscure, on peut écouter les media français pendant une année entière sans entendre prononcer le verbe **commencer**, qu'il faudra bientôt rayer des dictionnaires ! S'agit-il de **commencer** un match, une construction, une campagne d'information ? Pas du tout : on les « débutera » ou on les « démarrera » bien que ces deux verbes ne soient pas transitifs, contrairement à **entamer**, qui ferait tout aussi bien l'affaire, sans oublier **attaquer** dans la plupart des cas. Il serait grand temps de réhabiliter le verbe **commencer**, employé transitivement ou non.

COMMISSARIAT

De plus en plus répandue, hélas, la forme « commissairiat » influencée par **commissaire**, est à la fois fautive et vulgaire (voir **secrétariat**).

COMPORTER

S'il est tout à fait normal de dire, par exemple, qu'une entreprise audacieuse **comporte** bien des dangers, il n'est pas recommandé de généraliser l'emploi de ce verbe en disant, entre autres, qu'un train de voyageurs « comporte » huit voitures. En réalité, il **a**, il **compte**, il **comprend** huit voitures. On peut également dire qu'il **se compose de** huit voitures. Ici encore, le choix ne manque pas.

COMPRÉHENSIBLE, COMPRÉHENSIF

On qualifie de **compréhensible** ce qui peut **se comprendre** facilement et de **compréhensif** celui qui a la **faculté** de comprendre.

COMPROMIS, COMPROMISSION

Un **compromis** est un **accommodement**, une **transaction**. Exemple : *Un compromis sera toujours préférable à un recours aux tribunaux.*

La **compromission** consiste à **se compromettre**. Exemple : *Trop de compromissions ont détérioré sa réputation.*

CONCAVE, CONVEXE

L'expérience a montré qu'un candidat à une épreuve de physique portant sur l'optique risque un cuisant échec s'il ne se rappelle pas qu'une lentille **concave** est **creuse**, n'associant pas ce premier adjectif aux noms **cave**, **caverne** et **cavité**, qui contiennent la même idée. Le contraire de **concave** est **convexe** qui, bien entendu, signifie **bombé**.

CONCLURE

Trop nombreux sont les candidats à une épreuve écrite de baccalauréat, de licence, voire d'agrégation qui, au futur, croient bon d'intercaler un « **e** » entre l'« **u** » et l'« **r** » du verbe **conclure**, écrivant bien à tort « je concluerai » à l'instar de « je **remuerai** », ce dernier verbe étant, contrairement à **conclure**, du premier groupe. Il est recommandé de faire la distinction entre tu **concluras** et tu **remueras**, ils **concluront** et ils **diminueront**.

CONCOMITANT

Il faut résister à la tendance consistant à doubler l'« **m** » ou le premier « **t** » de cet adjectif, si ce n'est ces deux consonnes à la fois.

CONDITIONNEL PASSÉ

Dans les milieux sportifs, entre autres, ce temps passé a de plus en plus tendance à s'effacer devant l'**indicatif présent**. Exemple : « *S'il me passe le ballon, je marque* », censé signifier : « *S'il m'avait passé le ballon, j'aurais marqué* ».

CONFÉRENCE

Le nom anglais ***conference*** désigne très souvent une **réunion**, alors qu'une **conférence** sous forme **d'exposé oral public** porte dans cette langue le nom de ***lecture***. L'attrait du nom de quatre syllabes est tel que, au téléphone, une secrétaire préférera répondre que son patron momentanément indisponible est en « conférence » plutôt qu'en **réunion**.

Quant à l'anglais ***press conference***, sa traduction française littérale sous la forme de « conférence de presse » n'est pas des plus heureuses car il s'agit, en réalité, d'une **réunion de journalistes** écoutant les propos d'un personnage qui n'est pas un « conférencier », et auquel ils posent des questions.

CONFORTABLE

La question absurde : « Êtes-vous **confortable** ? » n'est qu'un calque servile de l'anglais : « *Are you comfortable ?* » probablement dû à de mauvais traducteurs chargés de doubler en français des films en langue anglaise. En réalité, la question anglaise se traduit en bon français par : « Êtes-vous **à l'aise** ? ». On peut également demander à une personne si elle est **confortablement installée**. Peuvent être qualifiés de **confortables** non pas des gens, mais un fauteuil, un lit, etc. La différence est de taille.

CONFORTER

Depuis quelques lustres, ce verbe d'allure fort distinguée a de plus en plus tendance à se substituer à **renforcer**, **raffermir**, **consolider**. Est-ce bien nécessaire ?

CONJECTURE, CONJONCTURE

Étymologiquement associé au verbe **jeter**, le nom **conjecture** indique qu'on **lance** une hypothèse. Exemple : *Ces vagues soupçons ne reposent que sur des conjectures.*

Étymologiquement apparenté au verbe **joindre** (cf. **jonction**) le nom **conjoncture** implique une **rencontre d'événements** plus ou moins liés ensemble, un **concours de circonstances**. Exemple : *En ce qui concerne l'emploi, la conjoncture actuelle ne me dit rien qui vaille.*

CONSÉQUENT

S'il est recommandé de ne pas abuser de l'adjectif abstrait **important** (voir ce mot), l'Académie française rappelle fort opportunément qu'il ne faut pas le remplacer par **conséquent**, qui signifie « qui raisonne, qui agit avec esprit de suite, avec logique », et s'oppose à **inconséquent**. La chute du Mur de Berlin ne fut donc pas un événement « conséquent », mais **important**.

CONSIDÉRER

Il ne faut pas dire qu'un bon élève est « considéré le meilleur », mais « considéré **comme** le meilleur ».

CONSONANCE

Contrairement à **sonner** et à **consonne**, ce nom ne prend qu'un « **n** » devant l'« **a** » (voir **assonance**, **dissonance** et **résonance**).

CONSONNES DOUBLES

Contrairement à ce qui se passe en italien, les consonnes doubles se prononcent en français comme si elles étaient simples, ce qui pose des problèmes d'orthographe. Cela étant, il peut arriver que, pour mettre un mot en évidence, on fasse entendre une consonne double, comme dans **immense** ou dans **innombrable**, prononcés « im-mense » et « in-nombrable ».

Il va de soi que, pour distinguer le **futur** du **présent**, l'« **r** » distinctif de ce premier temps se prononce indépendamment de celui du radical. Exemples : ***nous courons*** et ***nous courrons***, prononcé « cour-rons » ; ***vous mourez*** et ***vous mourrez***, prononcé « mour-rez ».

Même distinction entre l'**imparfait** et le **conditionnel**. Exemples : ***nous courions*** et ***nous courrions***, prononcé « cour-rions » ; ***ils mouraient*** et ***ils mourraient***, prononcé « mour-raient ».

CONTEXTE

D'aucuns ont critiqué l'emploi du nom **contexte** dans le sens de « conjoncture » (voir plus haut). S'ils acceptent qu'on parle du contexte d'une **phrase**, ils rejettent le contexte **économique** ou **politique**. Or, l'emploi métaphorique de **contexte** dans le sens de **conjoncture** semble de bon aloi si l'on considère que le nom **texte** est déjà une métaphore, puisqu'il vient du latin ***tectus***, dont le sens de **tissu** se retrouve dans **textile**.

CONTONDANT

Contrairement à un couteau ou à une hache, un instrument **contondant** ne coupe pas, mais produit des **contusions**, des **meurtrissures**. Exemple : *L'objet contondant dont s'est servi l'assassin pourrait bien être une batte de base-ball.*

CONTRE VENT ET MARÉE

Cette image évoque celle d'un bateau à voiles prenant hardiment la mer en dépit du vent et de la marée défavorables. Puisque, au moment du départ, il n'y a normalement qu'**un vent** dominant et qu'**une marée** ascendante ou descendante, il n'y a aucune raison de dire, au pluriel « contre vents et marées ». La seule forme qu'impose la logique est **contre vent et marée**, ces deux noms étant au **singulier**.

CONTRÔLE

Des traducteurs paresseux ou assoupis ont rendu l'anglais ***birth control*** par « contrôle des naissances », ce qui est une impropriété dans la mesure où le verbe anglais ***to control*** signifie le plus souvent **commander**,

diriger, **maîtriser**. C'est pourquoi les termes anglais ***control desk, control wire, remote control*** et ***self-control*** se traduisent respectivement par : table des **commandes**, câble des **commandes**, **télécommande** et **maîtrise** de soi. Effectué par les services de l'état civil, le **contrôle** des naissances n'a strictement rien à voir avec leur **limitation**. Il en résulte que l'anglais ***birth control*** se traduira par **limitation des naissances**, **régulation des naissances** ou, en inversant l'ordre des termes, **natalité dirigée**. Enfin, ce que nous appelons abusivement « tour de contrôle » dans le domaine de l'aéronautique est, en réalité, une tour de **régulation**.

CONVENIR

Quand il implique une **entente**, le verbe **convenir** se conjugue avec l'auxiliaire **être** : nous **sommes** convenus de nous revoir demain, tout comme nous **sommes** venus, intervenus, parvenus, revenus, qui lui sont tous apparentés.

CONVENTION

Traduire ***the Republican Convention*** par « la Convention républicaine » n'est qu'une solution de paresse, car il faut dire le **congrès** (du parti) républicain. De la même façon, on ne saurait calquer servilement l'anglais au point de parler stupidement de « convention de vétérans » quand il s'agit en bon français d'un **congrès d'anciens combattants**. À quoi bon vitupérer le franglais si c'est pour accepter dans notre langue des termes anglais empruntés au français et utilisés à tort et à travers dans leur acception étrangère ?

CONVENTIONNEL

Traduction (?) servile de l'anglais ***conventional***, cet adjectif est souvent employé à tort pour qualifier un armement **traditionnel** ou de type **classique**.

CONVOLER

Suivi ou non de « en justes noces », le verbe **convoler** ne signifie pas simplement « se marier » mais bel et bien **se remarier**. Aux yeux des incurables snobs qui croiraient déchoir en annonçant simplement que deux personnes se sont **mariées**, il est infiniment plus distingué de déclarer, même au prix d'un contresens, qu'elles ont « convolé en justes noces ». Pourquoi faire simple quand on peut faire compliqué ?...

COPIE

Quand il désigne un **exemplaire**, le nom anglais ***copy*** ne doit pas être rendu paresseusement par « copie ».

COR, CORPS

Bien distinguer « à **cor** et à cri » de « à **corps** perdu ».

COTE, CÔTE

Contrairement à une **côte** escarpée ou une **côte** d'agneau, la **cote** d'alerte ou la **cote** d'un cheval ne prend pas d'accent circonflexe et rime avec une **note** ou un **vote** et non avec un **hôte**.

COU, COUP

On ne saurait donner un **coup de pied** avec le **cou-de-pied** qui, remarquons-le au passage, est le seul des deux à s'écrire avec **deux traits d'union**.

COUPES SOMBRES

En langage forestier, la **coupe sombre** est l'**éclaircissage léger** de la forêt, qui laisse **sombre** le sous-bois. Puis, vient la **coupe claire**, elle-même suivie de la coupe définitive, qui ne laisse plus rien. Voilà qui est clair... sauf pour des gens qui, s'engageant imprudemment sur un terrain qu'ils connaissent mal, parlent bien à tort de « coupes sombres » dans le sens d'**éliminations massives**, correspondant, en réalité, à des **coupes claires**.

COURBATU, COURBATURÉ

Bien que les deux formes soient admises, la **première**, plus courte et incontestée, est préférable. On remarquera que chacun de ces mots ne prend qu'un « **t** ».

COURIR

Comme **mourir** et contrairement à **nourrir** et **pourrir**, le verbe **courir** ne prend qu'un « **r** » après l'« **u** ». Au cours de sa conjugaison, il ne prend deux « **r** » qu'aux deux temps suivants :

FUTUR SIMPLE DE L'INDICATIF	PRÉSENT DU CONDITIONNEL [1]
je **courrai** tu **courras** il **courra** nous **courrons** vous **courrez** ils **courront**	je **courrais** tu **courrais** il **courrait** nous **courrions** vous **courriez** ils **courraient**

Remarque. On opposera **courrier** et chasse à **courre**, où la consonne est double, à **coureur**, où elle est simple.

COUR, JARDIN

Pour distinguer au théâtre le côté **cour** du côté **jardin**, le spectateur, qui fait face à la scène, n'a qu'à s'imaginer qu'il lit l'inscription **Jésus Christ** ou **Jules César**. Le nom de droite commençant par un « **c** », comme « cour », il lui sera facile de situer à sa **droite** le côté **cour**. Il en résulte que le côté **jardin** est à sa **gauche**.

COÛTÉ

Quand il est précédé d'une indication de **prix**, ce participe passé reste **invariable**. Exemple : ***Les soixante mille francs que cette voiture m'a coûté***.

Dans le cas contraire, il y a **accord** du participe passé. Exemple : *Les efforts que l'entraînement lui avaient* ***coûtés***.

1. En enlevant un « **r** », on obtient l'**imparfait de l'indicatif** : je **courais**, tu **courais**, etc.

COUVERT

Dans l'expression « le vivre et le **couvert** », ce dernier mot n'a rien à voir avec la nourriture, puisqu'il ferait double emploi avec le premier. Ici, le nom **couvert** désigne le **toit**, donc le **gîte**. Dire « le gîte et le couvert » constituerait donc un pléonasme.

CRAINDRE

En décembre 1991, nous avons eu droit à un slogan de la Sécurité sociale qui, pour mettre fin aux dépenses excessives, a imaginé ce petit texte : « La Sécu, c'est bien ; en abuser, ça **craint**. » Cet emploi abusif du verbe **craindre** a intrigué bon nombre de nos compatriotes tenant fort logiquement à être informés en français plutôt qu'en charabia. S'adressant directement à l'agence de publicité qui avait imaginé ce texte impérissable, un curieux s'est vu répondre non sans surprise que c'était là « un langage dynamique, pédagogique *(sic)*, accompagné d'une musique rap, parce que c'est une musique d'aujourd'hui permettant de mettre en avant un discours de responsabilisation *(re-sic)* ». Quant à cet emploi abusif du verbe **craindre** dans l'expression « ça **craint** », il n'a pas été l'objet du moindre début d'explication, ce qui est bien dommage !

CRASHER (SE)

Pour annoncer qu'un avion s'est **écrasé** ou **fracassé** au sol, nombre de locuteurs croient bon d'employer le verbe anglais **to crash** et d'en faire un verbe du premier groupe en disant qu'il s'est « crashé », ce néologisme étant homophone, sinon homographe, du participe passé **craché**, ce qui risque de créer une ambiguïté. Raison de plus pour employer en français **s'écraser** ou **se fracasser**.

CRÉER

Au **féminin**, le participe passé de ce verbe fait apparaître **trois** « **e** » dont les deux premiers prennent un accent aigu. Exemple : *L'Académie française a été créée en 1635 par le cardinal de Richelieu.*

Autres exemples analogues : **agréée, gréée, ragréée, récréée, suppléée.**

CRESSON

Il est incorrect de prononcer la première syllabe comme dans « crevette », car elle se prononce avec un « **è** » ouvert comme dans **crème**.

CRISTAL

Sachant que l'Anglais écrit ***crystal*** ce nom qui remonte au latin ***crystallus***, d'origine grecque, on se demande pourquoi les réformateurs de l'orthographe, si prompts à respecter l'étymologie en remplaçant le ***nénuphar*** par un « nénufar », n'ont pas suggéré la graphie « crystal » avec un « **y** ».

CROIE (QU'IL)

Le subjonctif (qu'il) **croie** s'oppose à l'indicatif (il) **croit**. Il est donc incorrect d'écrire au subjonctif (qu'il) « croit » à l'image de (qu'il) **soit**.

CROIRE, CROÎTRE

À l'indicatif présent, on distinguera (il) **croit** d'(il) **croît**, affecté d'un **accent circonflexe** et signifiant (il) **grandit**.

CRU, CRÛ

Seul, le participe passé du verbe **croître** prend un accent circonflexe : elle a **crû** et embelli.

Inversement, on écrit : un excellent **cru** ; personne ne l'a **cru**.

CUISSEAU, CUISSOT

Au grand désespoir des réformateurs de l'orthographe, on écrit un **cuisseau** de **veau**, mais un **cuissot** de **gros gibier**, tel que le cerf, le chevreuil, le sanglier. Pour mémoriser cette subtilité, il suffit de se rappeler que les trois dernières lettres sont communes à **veau** et à **cuisseau**. Est-ce là chose impossible ?

CULTURAL, CULTUREL

L'adjectif **cultural** concerne la culture de la **terre** ; l'adjectif **culturel**, plus répandu que le premier, concerne celle de l'**esprit**.

CULTURE

Ce nom est de ceux dont on abuse de plus en plus depuis quelques lustres au point de parler très sérieusement d'« expression **culturelle** » (fascinant adjectif emprunté à l'allemand ***kulturell***) à propos des innombrables gribouillages multicolores qui défigurent notamment des murs de ce pays et les rames du métro parisien. Avant de parler à tort et à travers de celle de certaines collectivités, on ferait tout de même bien de se rappeler que, s'agissant de personnes prises individuellement, la **culture** est avant tout une ouverture d'esprit sur un ensemble de connaissances multiples et variées débordant largement du cadre d'une étroite spécialisation.

Quant à la fameuse révolution dite « culturelle » qui, dans les années soixante, mit la Chine sens dessus dessous, tout les autochtones sont aujourd'hui d'accord pour dénoncer cette chienlit très souvent meurtrière et contester le bien-fondé de cette référence à une prétendue « culture », terme fort respectable qu'il ne faut pas prostituer en l'employant à tort et à travers.

Remarque. Selon une idée reçue vieille de plusieurs décennies, Édouard Herriot aurait déclaré que « la culture est ce qui reste quand on a TOUT oublié ». Étant donné que cet homme d'État n'a jamais tenu ces propos bizarres en forme de boutade, il est permis de se demander s'ils ne servent pas de justification aux ignorants qui les reprennent non sans arrière-pensée...

CURRY

Pour transcrire le mot tamil ***kari***, désignant une **épice**, les Anglais emploient la graphie ***curry***, qui se prononce à peu près de la même façon et qu'ils jugent préférable à « carry », où la première voyelle représente un son plus éloigné de l'original. Mais nous n'avons aucune raison d'écrire ce mot à la manière anglaise, ce qui incite les gens mal informés à prononcer bien à tort le nom de cette épice comme le patronyme de Pierre **Curie**. Il est donc plus simple et plus logique d'écrire et, partant, de prononcer **cari**, graphie qui figure d'ailleurs dans le dictionnaire français.

D

DANCING

Échantillon représentatif de l'anglais « *made in France* », ce mot se dit ***dance-hall*** en anglais.

DANIÈLE, DANIELLE

Le **féminin** du prénom **Daniel** peut se présenter sous ces deux graphies.

DAURADE, DORADE

Étymologiquement, il s'agit de deux poissons **dorés**. Le nom **daurade**, d'origine **provençale**, désigne un **poisson comestible** à la chair appréciée, souvent consommé cuit au four arrosé de vin blanc. La **dorade**, qui porte un nom d'origine **portugaise** doublet du précédent, est un **poisson rouge décoratif** originaire des mers baignant la Chine.

Cela dit, le nom du poisson qui fait la joie des gourmets s'écrit aujourd'hui indifféremment **daurade** ou **dorade**.

DAVANTAGE

Courant il y a deux siècles, l'emploi du mot **que** après **davantage** est contesté par certains. Il est donc recommandé de remplacer « davantage que » par **plus que**, dont le sens est exactement le même et qui a le mérite d'être plus court. Par conséquent, il y a tout intérêt à remplacer : « Je travaille davantage que les autres » par : « Je travaille **plus que** les autres ».

DEAD-HEAT

Ce terme anglais, fréquent dans les milieux du turf, est l'équivalent du latin ***ex aequo***. Si l'on tient absolument à l'employer, point n'est besoin d'avoir recours à un faux anglais « *made in France* » en le déformant en « diditt », car seul le second digramme « **ea** » correspond à peu près à notre son « **i** ». Quant à l'adjectif anglais ***dead***, il ne rime nullement avec « *kid* », mais avec **Fred**, ce qui exclut catégoriquement l'absurde prononciation « diditt », à laquelle il faut substituer « dèditt », moins éloigné de l'original.

DÉBARRAS, EMBARRAS

Ces deux noms prennent chacun **deux « r »**. Les verbes correspondants sont donc **embarrasser** et **débarrasser**.

DÉBILE

Longtemps, l'adjectif **débile** a été employé dans le sens de **chétif** ou de **faible**. Mais, vu qu'on n'arrête pas le progrès en matière de « néo-français », voilà que **débile** est maintenant utilisé à tout propos dans le sens d'**absurde** ou de voisin de la **nullité**, ce qui constitue un **contresens** (voir **nul**).

DÉBUTER

À propos de ce verbe employé **transitivement** et de façon abusive en lieu et place de **commencer**, voir ce dernier mot.

DÉCADE

Étymologiquement, le nom français **décade**, dérivé du latin ***decas, decadis***, désigne une **dizaine quelconque**. Employé en anglais comme unité de temps, le mot ***decade*** (sans accent aigu, comme il se doit) désigne une période de **dix ans**. Mais il y a belle lurette que le français **décade** s'est spécialisé dans le sens de **dix jours** On parle donc des **décades** du calendrier révolutionnaire, des **décades** de tabac sous l'occupation allemande, des **décades** en météorologie, correspondant presque à une semaine et demie. Enfin, l'adjectif **décadaire** s'applique à une période de dix jours, comme le prouvent les « relevés **décadaires** » et les « totaux **décadaires** » des Contributions indirectes.

C'est pourquoi l'Académie française a jugé bon de rappeler qu'une période de **dix ans** n'est pas une « décade », mais une **décennie**, nom qui a donné naissance à l'adjectif **décennal**, formé à l'image de **triennal**, de **quinquennal**, etc.

Remarque. La Décade prodigieuse, film de Claude Chabrol, concerne bel et bien une période de **dix jours**.

DÉCELER, DESCELLER, DESSELLER

Le verbe **déceler**, signifiant **découvrir**, fait à l'indicatif présent (je, il) **décèle**, avec **un seul « l »**, homophone de (je, il) **descelle** (en brisant un **sceau**) et de (je, il) **desselle** (en ôtant la **selle** d'une monture).

DÉCIMER

Dérivé du nom **décime** signifiant un **dizième**, le verbe **décimer** signifiait punir de mort une personne sur **dix**. Le sens moderne, élargi, remonte au siècle dernier.

DÉCLARATION

Chaque année en février, les heureux contribuables sont cordialement invités à remplir un document intitulé **déclaration des revenus**, qui servira à déterminer le montant de leurs impôts, car ce ne sont pas ces derniers qu'ils déclarent à qui de droit. Hélas, cette évidence n'empêche pas des cohortes d'étourdis de parler bien à tort de « déclaration d'**impôts** ».

DÉCLENCHER, ENCLENCHER

Formé sur le nom **clenche**[1], le verbe **déclencher** et ses dérivés s'écrivent non pas avec un « a », mais avec un « **e** » entre les consonnes « **l** » et « **n** ». Cette remarque s'applique au verbe **enclencher** et à ses dérivés.

---

1. De l'ancien francique ***klinka*** (cf. allemand ***Klinke***, néerlandais ***klenke***).

DÉCRÉPI, DÉCRÉPIT

Décrépi est le participe passé du verbe **décrépir** : ce mur a été **décrépi**.

Décrépit est un adjectif signifiant très **affaibli** par l'âge.

DÉGINGANDÉ

Cet adjectif ne prend pas d'« **u** », ce qui exclut le barbarisme « déguingandé » si fréquent, hélas, de nos jours. Il faut le prononcer « déjingandé ».

DÉGOTER, DÉGOTTER

Pour ce verbe qualifié de familier, les deux graphies sont permises.

DÉGOÛTER, DÉGOUTTER

De toute évidence, le verbe **dégoûter** contient le nom **dégoût** : ils ont été **dégoûtés** à tout jamais. Le participe présent et l'adjectif s'écrivent **dégoûtant** : une mixture **dégoûtante**.

Le verbe **dégoutter** contient le nom **goutte** : l'eau **dégoutte** de cette gouttière. Le participe présent et l'adjectif s'écrivent **dégouttant** : un pétale **dégouttant** de rosée.

DÉJEUNER

Contrairement à **jeûner**, le verbe **déjeuner** ne prend pas d'accent circonflexe et sa deuxième syllabe se prononce plus « ouverte » que la première de **jeûner**.

DÉLACER, DÉLASSER

Le verbe **délacer** signifie desserrer ou défaire un **lacet**. On **délaçait** un corset, on **délace** des chaussures.

Le verbe **délasser** signifie ôter la **lassitude**. On peut se **délasser** dans un confortable fauteuil.

DÉLAI, RELAIS

Seul, le second de ces noms prend un « **s** » au singulier : d'autres coureurs vont prendre le **relais** sans **délai**.

DÉLICE

Masculin au singulier, ce nom est **féminin** au pluriel : **un pur** délice, **de pures** délices.

DÉLOCALISER, DÉLOCALISATION

Avec chacun seulement trois syllabes, les verbes **déplacer** et **transférer** font bien pauvres comparés à ce majestueux **délocaliser**, en cinq syllabes, cher à nos têtes pensantes qui, cela va de soi, tiennent comme à la prunelle de leurs yeux à cet inégalable nom dérivé qu'est la **délocalisation**, en non moins de six syllabes. Ici encore, pourquoi faire simple quand on peut faire compliqué ?...

DÉMARRER

Même remarque que pour **débuter** (voir ci-dessus). On ne « démarre » donc pas une compétition : on la **commence**, on l'**entame**.

DÉMYSTIFIER, DÉMYTHIFIER

Ces deux verbes d'allure savante ne sont ni synonymes, ni interchangeables. L'Académie française a rappelé que **démystifier** revient à détromper la victime d'une **mystification**, tandis que **démythifier** signifie ôter sa valeur trompeuse de **mythe** à une idée, un acte, un événement, un personnage : la chute des dictatures a abouti à bien des **démythifications** de fausses idoles, allant de pair avec la **démystification** de millions de leurs admirateurs.

DENTITION, DENTURE

Cette femme souriante n'a pas une belle « dentition », mais une belle **denture**. La **dentition** est, en effet, la **formation** et la **sortie naturelle** des dents. C'est ainsi qu'à la dentition de lait succède la dentition définitive, qui débute par l'apparition des premières grosses molaires.

L'**ensemble** des dents porte le nom de **denture** : les maquignons examinent de près la **denture** des chevaux. Qu'on se rassure : le nom **denture**, assez généralement ignoré, n'est nullement le résultat du « télescopage » de **dentier** et de **monture**, ce qui ferait penser, bien à tort, à des dents artificielles !

DÉODORANT

L'Académie française nous a utilement rappelé que l'adjectif anglais ***deodorant*** (sans accent aigu) n'a pas cours en français et qu'il doit être remplacé par **désodorisant**.

DÉPOSER

Si l'on peut **porter plainte** sans article, on ne peut que **déposer une plainte** avec l'article indéfini.

DÉPRÉDATION

Remontant au latin ***praeda***, signifiant **proie**, le nom **déprédation**, apparenté à **prédateur**, n'est que trop souvent déformé en « dépradation », barbarisme probablement influencé par les noms **dépravation** et **dégradation**.

DEPUIS

L'Académie française déconseille d'employer la préposition **depuis** devant un complément de lieu. On ne s'adresse donc pas aux auditeurs « depuis » Paris, mais **de** Paris.

Cela dit, cette règle ne s'applique pas quand **depuis** marque un point de **départ** dans l'espace : **depuis** Le Havre, ce coureur semblait souffrir d'une tendinite.

DÉSAFFECTATION, DÉSAFFECTION

La **désaffectation** est le **changement de destination** d'un édifice public, d'un local.

La **désaffection** est la perte progressive de l'**affection** que l'on porte à quelqu'un.

DESCENDRE

Il va de soi que « descendre vers le bas » serait un **pléonasme** de première grandeur. Mais, quand la locution adverbiale **en bas** est employée dans le sens de « au rez-de-chaussée » ou de « dans la rue », rien ne s'oppose à ce qu'on « descende en bas ». Toutefois, mieux vaut s'abstenir d'utiliser cette tournure.

DESSALER, RESALER

Comme le confirme la prononciation, seul le premier de ces deux verbes s'écrit avec deux « **s** ».

DÉSUET

Dans l'adjectif **désuet** et son dérivé **désuétude**, l'« **s** » ne se prononce pas « z » mais « **s** », bien qu'il soit intervocalique. La seconde syllabe de **désuet** est donc homophone de celle de **Bossuet**.

DÉTONER, DÉTONNER

Le verbe **détoner** signifie « **exploser** avec bruit », tandis que **détonner** signifie (sortir du **ton**, ne pas être dans le **ton** ».

DIALOGUE

Le préfixe « **dia-** », d'origine grecque, signifie notamment **à travers**, comme dans **diaphane** et **diagonal**. Il est donc aberrant de l'assimiler au préfixe « **di-** », également emprunté au grec, signifiant **deux fois**, comme dans **dièdre** et, s'imaginant le rencontrer dans le nom **dialogue**, de parler, comme le fit naguère un président de la République, de « trialogue », voire de « trilogue », pour désigner un entretien entre **trois** personnes. En réalité, un dialogue est une conversation entre **deux** personnes ou **davantage**.

DIETRICH

La première syllabe du nom de cette grande actrice ne se prononce pas « Dié » comme dans **Saint-Dié**, ville des Vosges, mais « **Die** » comme le nom de la ville de la Drôme, rimant avec **comédie**.

DIFFÉREND, DIFFÉRENT

Terminé par un « **d** », le mot **différend** est un **nom** synonyme de **débat**, de **contestation** : un grave **différend** oppose ces deux pays voisins.

Terminé par un « **t** », le mot **différent** est un **adjectif** signifiant **dissemblable** : ce trublion n'est pas **différent** des autres chenapans.

DIGRAMME

Un **digramme** est un **son unique** représenté par **deux caractères : au, eu, ou, ch, ph**, etc. Puisqu'il s'agit d'un son **unique**, il est aberrant de parler de « diphtongues » à propos des trois premiers exemples (vocaliques) ci-dessus.

DILEMME

La forme « dilemne » rimant avec **indemne** est un **barbarisme** fréquent, qu'on a même pu lire sous la plume d'un ministre de l'Éducation nationale !

À l'instar de l'**alternative**, le **dilemme** implique l'existence de **deux possibilités**. Mais, contrairement à elle, il offre, en fait, le choix entre deux solutions également **fâcheuses** : le malheureux avait le choix entre le poison et le peloton d'exécution ; c'était un bien cruel **dilemme**.

DINAN, DINANT

Dinan, en cinq lettres, est le nom d'une ville de **Bretagne** arrosée par la Rance.

Dinant, en six lettres, est le nom d'une ville de **Belgique** située sur la Meuse.

DISSOLU, DISSOUS

À des locuteurs français brouillés avec leur langue maternelle, il est arrivé d'annoncer, à la radio ou à la télévision, qu'un parlement avait été « dissolu » au lieu de **dissous** ! Si l'on qualifie de **dissolu** celui qui vit dans la **dissolution**, il va de soi que ce dernier nom est ici pris dans le sens de **dérèglement des mœurs** !

DISSONANCE

Contrairement au verbe **sonner** et au nom **sonnerie**, une **dissonance** ne prend qu'un « **n** » après l'« **o** » (voir **assonance**, **consonance** et **résonance**).

DISSOUDRE

Bien que ce verbe du troisième groupe soit aussi délicat à conjuguer que **résoudre**, nul n'a encore songé à lui substituer « dissolutionner », inspiré par l'envahissant **solutionner**. Pourquoi deux poids, deux mesures ? Mais peut-être ne perdons-nous rien pour attendre...

Si, au **féminin**, le participe passé de **dissoudre** est **dissoute**, il n'en reste pas moins que, au masculin, il s'écrit **dissous** avec un « **s** » terminal, au grand dam de nos infatigables réformateurs de l'orthographe, scandalisés par une si flagrante injustice ! (Voir **absoudre**.)

DISTANCER

Ce verbe signifie **devancer** : des dizaines de coureurs furent **distancés** au cours de l'ascension de ce col redoutable.

On dit qu'un cheval de trot qu'il est **distancé** quand il est **éliminé** pour course irrégulière après avoir galopé.

DISTILLER

Le verbe **distiller** se prononce « distiler ». C'est pourquoi « (il) **distille** » rime avec **mille** et non avec **pastille**. Cette remarque s'applique au verbe **instiller**.

DIZAINE

L'« **x** » terminal de **dix** se retrouve dans l'adjectif **dixième**, mais non pas dans le nom **dizaine**, qui prend un « **z** », tout comme **douzaine**.

DOCTEUR

L'anglais ***doctor*** étant l'équivalent du nom français **médecin**, ce dernier devient trop souvent un « docteur » sous la plume de traducteurs négligents. Nos millions de compatriotes qui, sans s'en douter, commettent cette faute, ont intérêt à savoir qu'ils vont voir leur **médecin** et que **docteur** est le titre qu'ils lui donnent en s'adressant à lui. En un mot, il ne faut pas confondre la **profession de médecin** avec le **titre de docteur**. On dit d'ailleurs **Médecins** du monde et **Médecins** sans frontières.

DOCUMENTALISTE, DOCUMENTARISTE

Un **documentaliste**, ou **documentiste**, recherche, sélectionne, classe, conserve et diffuse des **documents**.

Un **documentariste** est spécialisé dans les films **documentaires**.

DOLLAR

Serait-ce sous l'influence des mots **lard**, **cumulard** et **rigolard** que bien des gens affublent le nom **dollar** d'un « **d** » final pour le transformer en un insolite « dollard » ?

DOMPTEUR

Dans les mots **compter, compteur, comptable** et **comptage**, il ne viendrait à l'idée de personne de prononcer le « **p** ». Fort logiquement, cette consonne est tout aussi muette dans les mots **dompter, dompteur, domptable** et **domptage**, comme le prouve cet extrait de Tartuffe, où **dompte** rime avec **honte** :

*« Quelque raison qu'on trouve à l'amour qui nous [**dompte***

On trouve à l'avouer toujours un peu de ***honte.*** »

DONT

Ce pronom relatif a pour équivalents **de qui, de quoi, duquel**, etc., qui contiennent la préposition **de**, ce qui donne tort à tous ceux qui n'hésitent pas à dire, par exemple : « C'est **de** vous **dont** nous parlons » au lieu de : « C'est **de** vous **que** nous parlons » ou de : « C'est vous **dont** nous parlons ». De la même façon, la tournure fautive : « C'est **de** la Corse **dont** il est question » devra céder la place à : « C'est **de** la Corse **qu'**il est question », qui élimine cette redondance.

DOPING

Quand ce mot anglais désigne un produit absorbé par un athlète, les mots français ne manquent pas pour le remplacer : **produit dopant**, **dopant**, **excitant** ou **stimulant**. Quand à l'emploi de ce produit, mieux vaut l'appeler **dopage** que « doping ».

DOUBLETS

Des **doublets** sont des **couples** de mots provenant d'un même moule, qui ont pris par la suite un visage

— et très souvent un sens — différent. Les associations suivantes peuvent utilement éclairer le sens d'un des deux éléments de chacun de ces doublets.

copain : compagnon	**outil : ustensile**
écouter : ausculter	**parcelle : particule**
entier : intègre	**pâtre : pasteur**
esclandre : scandale	**recouvrer : récupérer**
frêle : fragile	**sevrer : séparer**
froid : frigide	**sire : seigneur**
grêle : gracile	**soupçon : suspicion**
moindre : mineur	**trouvère : troubadour**

Remarque. **Ausculter** consiste à **écouter** les bruits émis par les organes et **sevrer** un bébé revient à le **séparer** du sein nourricier.

DU, DÛ

Au **masculin singulier**, le participe passé du verbe **devoir** se distingue de l'article contracté **du** par un accent circonflexe : tu aurais **dû** acheter **du** lait. Cette remarque s'applique au nom **dû** : à chacun son **dû**.

Au **féminin** et au **pluriel**, le participe passé **dû** ne prend pas d'accent circonflexe puisqu'il n'a plus besoin d'être distinguée de l'article **du** : la somme **due**, les sommes **dues**.

DUNE

Une **dune** étant constituée de **sable**, on commet un **pléonasme** en parlant d'une « dune de sable ».

E

ÉCHALOTE

Sur le menu de maints restaurants français, ce nom est indûment écrit « échalotte » alors qu'il n'a pas de consonne double.

ÉCHAUFFOURÉE

Synonyme de **rixe**, de **bagarre**, le nom féminin **échauffourée** prend deux « **u** », deux « **f** » et un seul « **r** ». La forme « échaffourée » est un **barbarisme**.

ÉCOLOGISTE

Si un **biologiste**, un **zoologiste** et un **stomatologiste** sont respectivement des **spécialistes** en biologie, en zoologie et en stomatologie, tel devrait, en bonne logique, être également le cas de tous **écologiste** par rapport à cette autre science qu'est l'**écologie**. S'il n'en est rien, un soi-disant « écologiste » devrait se qualifier plus modestement de **vert** ou d'**ami de la nature**.

ÉDIMBOURG

Écrit de cette façon, le nom de la capitale de l'Écosse se dit tout naturellement à la française, ce qui exclut la prononciation prétentieuse « Edimmbourgue », qui n'est ni française ni anglaise. La forme britannique ***Edinburgh*** se prononce d'une tout autre façon.

ÉDUCATION

Le plus souvent, le nom anglais ***education*** (sans accent aigu) est employé dans le sens d'**instruction**. D'un ignorant, l'anglais dira donc : *« He has no education »*. Or, il se trouve qu'en français le manque d'**éducation** équivaut à un manque de **savoir-vivre**, qui n'a rien à voir avec l'ignorance. Par conséquent, parler d'« éducation » quand il est question d'**instruction** constitue un contre-sens caractérisé, et notre ministère de l'« Éducation nationale » n'est autre que le ministère de l'**Enseignement**, même si, de nos jours, celui-ci n'est guère plus convaincant que celle-là...

EFFACER

A-t-on jamais « effacé » un mur couvert de graffitis ou un nez barbouillé de crème Chantilly ? Il va de soi qu'on les **essuie** sans pour autant les « effacer », puisque ce verbe signifie **faire disparaître**. On ne saurait donc raisonnablement demander à un élève serviable d'« effacer » le tableau noir, car il ne peut, ici encore, que l'**essuyer**, tout en effaçant des **dessins**, des **inscriptions**, etc., de la même façon qu'un garçon de café **essuie** une table et ne l'« efface » pas. La « nuance » gagnerait à être connue...

ÉGAILLER (S'), ÉGAYER (S')

Le verbe **s'égailler** signifie **se disperser** : les enfants **s'égaillèrent** comme une volée de moineaux.

Dérivé de l'adjectif **gai**, le verbe **égayer** a le sens d'**amuser** : les farceurs se sont **égayés** aux dépens de la victime de leur canular.

ÉGOUT

Contrairement à **dégoût**, le nom **égout**, apparenté à **goutte**, ne prend pas d'accent circonflexe.

ÉLISABETH

Sous sa forme française, ce prénom prend un « **s** », à la différence de l'anglais **Elizabeth**, qui s'écrit avec un « **z** ». D'où : l'actrice américaine **Elizabeth** Taylor.

EMBOBELINER, EMBOBINER

Les deux formes sont concurrentes et employées dans le seul et même sens de **tromper** par des paroles insidieuses.

ÉMÉRITE

C'est parce qu'il ressemble à **mérite** et à **méritant** que l'adjectif **émérite** est si souvent employé à tort dans ce dernier sens et comme pseudo-synonyme de **talentueux**, **distingué**, **remarquable**, **éminent**, qui montrent à l'évidence que le choix ne manque pas ! Il n'est pas sans intérêt de savoir qu'un professeur **émérite** n'est plus en activité.

ÉMINENT, IMMINENT

L'adjectif **éminent** signifie **supérieur**, **remarquable** : un **éminent** chirurgien, virtuose dans son domaine.

L'adjectif **imminent** signifie **très prochain** : un péril **imminent**, une arrivée **imminente**.

EMMENER, EMPORTER

Voir **amener, apporter**.

ÉMOTIONNER

Tout en faisant double emploi avec **émouvoir**, le verbe **émotionner** paraît à tort ou à raison y ajouter une nuance, car il se présente comme un « télescopage » des verbes **émouvoir** et **commotionner**. Cela étant, il n'est pas recommandé d'employer le verbe **émotionner**.

EN

Il faut éviter d'employer le pronom **en** pour représenter une personne dans un sens indiquant un rapport de possession ou de parenté. On ne dira donc pas : « Voici le nouveau locataire ; tu **en** connais la femme », mais : « ... tu connais **sa** femme ». Inversement, on peut dire, en parlant d'une chose : « Tu **en** connais le prix ; nous **en** goûtons le charme ; ils **en** ont vu l'essentiel ».

Exprimant une idée **partitive**, le pronom **en** peut fort bien représenter des personnes : « Peut-être y a-t-il beaucoup d'élèves ; mais je n'**en** ai vu que six ».

ENCOURIR

Plus long d'une syllabe et, de ce fait, plus « riche » que **courir**, le verbe **encourir** est de plus en plus employé à tort par des gens qui parlent, par exemple, du « risque **encouru** ». Or, on **court** un **risque**, un **danger**. Inversement, on **encourt** une **peine**, une **amende**, un **châtiment**, une **disgrâce** et autres désagréments.

ENGHIEN

Le nom de cette ville du Val-d'Oise se prononce « **en gain** ».

ENSUIVRE (S')

Contrairement à **s'en aller**, le verbe **s'ensuivre** s'écrit en un seul mot. Il en résulte que s'il faut dire « il s'en est allé », la forme « il s'en est suivi », relativement fréquente, est incorrecte. On dira donc : « Il s'est **ensuivi** une belle bagarre ».

ENTENDU

L'accord de ce participe passé se fait en genre et en nombre avec le **complément d'objet** quand celui-ci est le **sujet** implicite de l'infinitif. D'où : il nous avait **entendus** appeler à l'aide.

En écrivant, **avec l'accord** : « Les nouveaux venus que nous avons **entendus** siffler », on indique donc clairement qu'**ils ont sifflé**. Inversement, « Les nouveaux venus que nous avons **entendu** siffler », **sans l'accord** du participe, signifie qu'ils **ont été sifflés**. L'ignorance d'une telle subtilité orthographique peut être lourde de conséquences en faisant jouer un rôle passif à l'auteur d'une action répréhensible et vice versa, au point de transformer, dans certains cas, un coupable en victime.

ENTRECÔTE

Désignant non pas une côte, mais **un morceau** entre les côtes, le nom **entrecôte** était initialement du genre **masculin**. Mais l'usage des gens mal informés a généralisé le féminin **une** entrecôte.

ENZYME

L'Académie française a rappelé que ce nom est du genre **féminin** : **une** enzyme **gloutonne**.

« E » PARASITE

Il est fâcheux que de nombreux professionnels de la parole parlent paresseusement de « **matche** nul », du « **Parque** des Princes » et de l'« **este** de la France », ayant ainsi recours à un « **e** » jouant le rôle de tampon. Serait-il donc si fatigant de dire correctement : un **match** / nul, le **Parc** / des Princes et l'**est** / de la France ?

ÉPOUMONER (S')

Ce verbe ne prend qu'un « **n** ».

ERREMENTS

Presque toujours employé au **pluriel**, ce nom vient d'un ancien verbe **errer** signifiant **faire route**, et non pas d'**errer**, au sens de **faire erreur**. Comme l'a rappelé l'Académie française, **errements** n'est donc pas synonyme d'**erreurs**, mais a le sens de **manière d'agir habituelle**, à ne pas confondre avec l'**errance** d'un chemineau, par exemple.

ERRONÉ

Cet adjectif s'écrit avec deux « **r** » comme **erreur**, mais ne prend qu'un « **n** ».

ÈS

Forme « télescopée » de **en les**, ce petit mot devrait s'écrire sans accent grave et se prononcer sans faire entendre l'« **s** » final, ce qui n'est plus le cas aujourd'hui. L'Académie française a rappelé à juste titre que cette préposition ne peut précéder, ce qui est logique, qu'un nom au **pluriel**. D'où : **docteur ès lettres, ès sciences**. Devant un nom au singulier, on emploiera tout simplement la préposition **en**, soit : docteur **en médecine, en théologie**.

ESPÈCE

L'Académie française a dû rappeler que ce nom est toujours du genre **féminin**, quel que soit celui de son complément. Il ne faut donc pas dire « **un** espèce de marteau », mais « **une** espèce de marteau ». Il va de soi que nul ne songerait à faire de **sorte** un nom masculin pour parler, bien à tort, d'« **un** sorte de marteau ». Enfin, pour en revenir au nom féminin **espèce**, il n'est pas rare d'entendre aujourd'hui des gens en faire un masculin même devant un nom du genre **féminin**, pour parler, par exemple, d'« **un** espèce de **panthère** ». Est-ce bien raisonnable ?

ESPÉRANT, ESPOIR (DANS L')

« **Espérant** que..., **veuillez** agréer... », ainsi que : « **Dans l'espoir** de..., **veuillez** agréer... » sont des tournures à la fois incorrectes et illogiques, car le sujet implicite d'**espérant** et de **dans l'espoir** est bel et bien le **sujet parlant**, alors que celui de **veuillez** est la personne **à qui il s'adresse**. Il faut donc dire et écrire : « **Espérant** que..., **je vous prie** d'agréer » et : « **Dans l'espoir** de...,

je vous prie d'agréer... », avec le pronom personnel représentant la personne qui espère.

ESQUIMAU

Contrairement à celle de **chameau**, la dernière syllabe du nom **esquimau** ne prend pas d'« **e** ».

ÉTANT DONNÉ

Dans cette expression, le participe passé **donné** reste **invariable** quand il **précède** le nom auquel il se rapporte. Exemple : *Étant donné la situation militaire et les rivalités entre dirigeants...*

ÉTAT, ÉTAT

On ignore trop souvent que ce nom prend une **majuscule** quand il désigne une **nation** ou une forme de **gouvernement**. À l'**état** des finances et à l'**état** gazeux, on opposera donc les finances de l'**État**, un coup d'**État**, une affaire d'**État**.

Remarque. On écrit avec une minuscule les **états** généraux.

ETC.

Cette abréviation du latin classique ***et cetera*** s'écrit **etc.**, suivi d'**un seul point**. Il ne faut pas écrire « etc... » suivi de trois points, ni « etc., etc. ».

Étant un pluriel neutre, **etc**. s'emploie pour désigner des **choses** : des bananes, des mangues, des avocats, **etc**. Il est donc déconseillé de dire : « des peintres, des dessinateurs, des sculpteurs, **etc**.

Ne pas prononcer « eccetera » privé de son premier « **t** ».

ÉTÉ INDIEN

C'est le chanteur Joe Dassin qui introduisit en France ce prétendu équivalent de l'anglais ***Indian summer***, surtout employé aux États-Unis, où il désigne une période de temps doux ou chaud qui se produit vers la **fin de l'automne**, voire au début de l'hiver, lorsqu'on ne l'attendait pas. Or, la traduction française de cet ***Indian summer*** n'est autre que l'**été de la Saint-Martin**, laquelle tombe le **11 novembre**. Ignorant, hélas, cette appellation et cette date, trop de locuteurs nous parlent d'« été indien » à tort et à travers, même à la fin du mois de septembre, alors qu'il s'agit, en réalité, d'un **été prolongé**.

ÉTHIQUE, ÉTIQUE

L'adjectif **éthique** concerne les principes de la **morale**. L'adjectif **étique** signifie **très maigre**, tout comme l'**étisie** est un **amaigrissement extrême**.

ÉTUDIANT

L'inflation du langage et le désir de se donner de l'importance étant ce qu'ils sont, trop nombreux sont les lycéens non encore bacheliers qui se déclarent « étudiants », terme qui n'évoque pas des études secondaires mais **supérieures**. Quant aux adultes non directement intéressés qui commettent la même erreur, ils feraient bien d'employer le terme propre afin d'éviter tout quiproquo.

ÉTYMOLOGIE

Paradoxalement, ceux-là mêmes qui critiquent l'orthographe du français pour sa complexité n'hésitent pas à alourdir ce nom d'un « **h** » superfétatoire, le transformant ainsi en « éthymologie », faute assez fréquente de nos jours.

EUT, EÛT

La première forme est le **passé simple de l'indicatif** du verbe **avoir** : le malade **eut** une attaque cardiaque.

La seconde forme, affectée d'un **accent circonflexe,** est à l'**imparfait du subjonctif** : afin qu'elle **eût** davantage de succès.

ÉVÉNEMENT

Contrairement à **avènement**, le nom **événement** prend un **accent aigu** sur le deuxième « **e** »... au grand désespoir des réformateurs de l'orthographe scandalisés par une telle anomalie.

ÉVIDENT

Battre le record du monde du saut en longueur n'est pas chose aisée. D'aucuns diront familièrement que ce n'est pas « dans la poche ». Mais qu'à cela ne tienne ; il a suffi que, dans les années quatre-vingt, un de nos compatriotes crût nécessaire d'inventer la formule « c'est pas évident » amputée, comme il se doit, de la négation « **ne** » pour que des millions d'imitateurs enthousiastes lui emboîtassent le pas. On a du mal à s'expliquer le succès fulgurant de cette formule dont l'auteur est malheureusement demeuré inconnu.

Cela dit, on pourra très normalement répondre : « Ce

n'est pas **évident** » à une personne qui prétend qu'un billet de banque de fort belle apparence n'est qu'un faux.

ÉVITER

Si l'on peut fort bien **éviter** un obstacle, des ennuis, une difficulté, on ne saurait les « éviter » à quelqu'un : on lui **épargne** tous ces inconvénients.

EXACT

Les deux consonnes finales peuvent aussi bien être **muettes** comme dans **aspect** que **prononcées** comme dans **correct**.

EXACTION

Le nom **exaction** remonte au latin ***exactio***, dérivé du verbe ***exigere***. L'Académie française a pris soin de rappeler qu'il désigne l'action d'un fonctionnaire qui, à son profit personnel, **exige** de ses administrés plus qu'ils ne doivent. Ayant de ce fait un sens nettement défavorable, le mot **exaction** peut à la rigueur devenir dans certains cas synonyme de **vol**, voire de **pillage**. Mais il est tout à fait **impropre** de parler d'« exactions » pour désigner des **viols**, des **meurtres**, des **massacres**.

EXAUCER, EXHAUSSER

Ces deux verbes sont **homophones** ; mais le premier signifie **accomplir**, **réaliser** (d'où : **exaucer** un vœu), tandis que le second a le sens de **surélever** : il faudra **exhausser** ce bâtiment pour **exaucer** le vœu du propriétaire.

EXCELLENT, EXCENTRIQUE, EXCESSIF

Une faute d'orthographe assez fréquente consiste à priver paresseusement ces trois mots du « **c** » qui précède la deuxième voyelle.

EXCESSIVEMENT

Il saute aux yeux que ce majestueux adverbe de cinq syllabes signifie « d'une manière **excessive**, avec **excès**, avec **exagération** ». Il n'est donc nullement le synonyme de **très**. Cela dit, des gens peuvent fort bien être **excessivement** paresseux ou **excessivement** dangereux au volant.

EXCLU

Comme **conclu**, et contrairement à **inclus** et **perclus**, le mot **exclu** n'est pas terminé par « **s** » au singulier. Il a donc pour féminin **exclue**. D'où : on a **exclu** tout favoritisme ; toute indulgence devrait être **exclue**.

EXCLUSIVEMENT

Cet impressionnant adverbe de cinq syllabes a pour inconvénient d'être un de ces mots **ambivalents** qui peuvent avoir deux sens totalement opposés, comme le prouve la phrase suivante : « Il habite cette maison le dimanche **exclusivement** ». On peut comprendre « **seulement** le dimanche » ou « **sauf** le dimanche ». De la même façon, la mention « Paris **exclusivement** » portée sur certaines boîtes aux lettres risque de déconcerter ceux qui la lisent. C'est pourquoi il est recommandé de faire un usage modéré de l'adverbe **exclusivement** et de le remplacer selon le sens soit par **seulement** ou **uniquement**, soit par **sauf** ou **excepté**.

EXCUSER (S')

Bien que des auteurs connus aient employé cette tournure, certaines personnes n'aiment pas qu'on leur dise ou qu'on leur écrive : « **Je m'excuse...** », car elles estiment à juste titre que c'est à elles d'excuser, si elles le jugent bon, leur interlocuteur ou leur correspondant. Pour éviter tout reproche, mieux vaut donc dire et écrire : **excusez-moi, veuillez m'excuser, je vous prie de m'excuser**.

EX-, EXH-

On écrit :
exalter, mais **exhaler**
exaucer, mais **exhausser** (voir p. 117)

exiler, **exister**, mais **exhiber**
exorbiter, **exorciser**, mais **exhorter**
exulter, **exubérant**, mais **exhumer**.

EXORBITANT

Formé sur le nom **orbite**, qui commence par une voyelle, cet adjectif ne saurait s'écrire « exhorbitant » avec un « h ».

EXPORTER

On commet un **pléonasme** en parlant d'« exporter à **l'étranger** » (voir **importer**). Mais en précisant le pays on peut fort bien dire : « **exporter** en Italie ».

EXTRAORDINAIRE

Plus cocasse qu'élégante, la tournure « assez extraordinaire » semble exercer sur certains esprits une étrange fascination. Or, une chose est **extraordinaire** ou elle ne l'est pas. On comprend mal en quoi l'adverbe **assez** peut bien nuancer ou enrichir cet adjectif. Inversement, on peut insister sur le caractère insolite d'une chose en disant qu'elle est **vraiment** extraordinaire ou **tout à fait** extraordinaire.

EXUBÉRANT

La graphie « exhubérant » avec un « **h** » est incorrecte.

F

FAÇON (DE), MANIÈRE (DE)

Il est recommandé de dire **de façon que** et **de manière que** plutôt que « de façon **à ce** que » et « de manière **à ce** que », qui ne brillent pas par la légèreté. D'où : de façon **que** chacun vous comprenne ; de manière **que** nous soyons tous satisfaits.

FAIRE

La première syllabe ne se prononce pas « fè », mais « **fe** », comme d'(il) **fera**, dans le participe présent **faisant** et à l'imparfait : je **faisais**, tu **faisais**, etc., auxquels s'ajoute **faisons** (indicatif présent et impératif). Cette remarque s'applique au nom **faiseur** et à son féminin **faiseuse**.

FAISAN

Ce nom se prononce comme le participe présent **faisant** (voir ci-dessus).

FAIT

Le participe passé du verbe **faire** est **invariable** quand il est suivi d'un **infinitif**. D'où : elle s'était **fait** couper les cheveux ; ils se sont **fait** tailler la barbe en pointe ; les divisions ennemies s'étaient **fait** battre à plate couture.

Inversement, l'**accord** s'impose devant un **adjectif** ou un **nom**. D'où : elles s'étaient **faites** belles ; ils se sont **faits** moines. Mais le participe passé est invariable dans « elle s'est **fait** mal », par exemple.

FALLOIR, VALOIR

« Il **faut** mieux travailler » signifie qu'il faut fournir un **meilleur travail**. « Il **vaut** mieux travailler » signifie que le **travail est préférable** à l'oisiveté. Il en résulte que les verbes **falloir** et **valoir** ne sont nullement interchangeables. Cela étant, on ne peut que condamner ce barbarisme envahissant qu'est, par exemple, « il **faut** mieux rester ici » remplaçant indûment : « il **vaut** mieux rester ici ».

FASCISME

Ce nom d'origine italienne désigne très précisément le régime dictatorial qui gouverna l'**Italie** de 1922 à 1943. C'est donc abusivement qu'il est employé à propos du régime national-socialiste allemand (1933-1945) ainsi que de toute forme d'autoritarisme, voire de discipline. N'a-t-on pas vu des « réformateurs » déclarer publiquement que « l'orthographe, c'est du **fascisme** » ? À tous les francophones en général et, plus particulièrement à ceux qui sont appelés à traiter le **fascisme** à une épreuve d'histoire, on ne saurait trop recommander de ne pas employer ce terme à contresens.

Remarque. Le digramme italien « **sc** » représentant le son du français « **ch** », mieux vaut prononcer ce mot « fachisme » plutôt que « fassisme » à l'image de « fascination ».

FATRAS

Ce nom ne contient qu'un « **r** ». La forme « fratras » est donc un **barbarisme**.

FAUTE

En France, dans le domaine du tennis, l'anglais ***out*** a été depuis assez longtemps détrôné par **faute**, qui est bien évidemment un **nom** et non un adjectif. Dans ces conditions, que penser de ces nombreux commentateurs qui n'hésitent pas à déclarer à des millions d'auditeurs qu'une balle « est **faute** » ?

FÉERIE

Ce nom se prononce tout simplement comme une **fée** suivie du suffixe « **-rie** ». Il en résulte que **féerie** se dit en **deux syllabes**, ce qui exclut la fausse prononciation « fée-é-rie » en trois syllabes.

FEIGNANT

Ce mot n'est autre que le participe présent du verbe **feindre**, qui signifie **simuler** (voir ce mot). D'où :

FAINÉANT NE FEIGNANT PAS
LA PARESSE.

elle nous écoutait avec attention, tout en **feignant** l'indifférence.

L'emploi de « feignant » pour **fainéant** est à la fois un **barbarisme** et un **vulgarisme**.

FERRY-BOAT

Même s'il transporte des trains, un **ferry-boat** ne doit pas son nom au mot **fer** contenu dans **chemin de fer**. L'anglais *ferry* a le même sens que le français **bac**.

FIGURE

Ce nom ayant à l'origine un sens nettement plus élargi, mieux vaut lui préférer **visage** quand on parle de la **face** d'un être humain.

FINALE

Ne pas confondre le nom féminin **(une) finale** désignant, entre autres, l'ultime épreuve d'une compétition par élimination avec le nom masculin **(un) finale**, emprunté à l'italien, terme musical, trop souvent amputé de son « **e** »... final !

FINI

Il est recommandé d'accorder le participe passé **fini** avec le nom qui le suit : **finie**, la plaisanterie ; **finies**, les vacances.

Remarque. Il va de soi que **fini** reste invariable dans la tournure « **c'en est fini de** ». D'où : c'en est **fini** des vacances ; c'en est **fini** de lui.

FIXER

On évitera de « fixer **quelqu'un** », ellipse de fixer **les yeux** ou **le regard** sur quelqu'un.

FLAN, FLANC

Le nom de la pâtisserie nommée **flan**, sans « **c** », n'a strictement rien à voir avec un **tire-au-flanc**, par exemple.

FLEURETTE

Contrairement à une idée reçue des plus tenaces, le nom **flirt**, emprunté à l'anglais, ne doit nullement le jour au français (conter) **fleurette**.

FLEURISSANT, FLORISSANT

Fleurissant est le **participe présent** du verbe **fleurir** ainsi qu'un **adjectif** signifiant « qui se couvre ou est couvert de fleurs ».

Florissant est un adjectif qui veut dire **prospère** : une entreprise **florissante**.

FLEUVE

On donne le nom de **fleuve** à tout cours d'eau qui se jette **dans la mer**, quelle que soit sa longueur. Si celle-ci est faible, on l'appelle **fleuve côtier** : la Têt, qui arrose Perpignan avant de se jeter dans la Méditerranée, est un **fleuve côtier**.

FLUSHING MEADOW

La première syllabe du second élément de ce « temple » du tennis américain ne se prononce pas comme la note « mi », mais comme le mois de **mai**. Le nom ***meadow***, qui signifie **prairie**, se dit donc comme s'il s'écrivait « meddow ». La fausse prononciation « mi-do », qui n'a même pas le mérite d'être française, est un nouvel exemple d'anglais « *made in France* » (voir **sweat, sweater**).

FOMENTER

Ce verbe, qui signifie **susciter, préparer secrètement,** est suffisamment peu connu du grand public pour être déformé en « fromenter » ou « formenter », qui constituent deux **barbarismes**.

FOND, FONDS

Il faut savoir distinguer un **fonds** de commerce d'un **fond** de bouteille ou d'un **fond** de culotte.

FORMIDABLE

À l'origine, l'adjectif **formidable** qualifiait uniquement ce qui inspire la **peur** : une offensive **formidable**, un **formidable** séisme. À l'instar de l'anglais ***terrific***, le français **formidable** a connu un élargissement de sens au point de devenir synonyme de **remarquable, sensationnel, impressionnant**. Cependant, on n'enrichit nullement la langue française en l'employant à tort et à travers comme dans une « réception **formidable** » ou un « chanteur **formidable** ».

FORTUNÉ

Bien que, s'inclinant devant un certain « usage », l'Académie ait accepté **fortuné** dans le sens de **très riche**, mieux vaut en réserver l'emploi aux seuls cas où il a pour antonyme le mot **infortuné** signifiant **malheureux**. Au lieu de qualifier un milliardaire de « très fortuné », on pourra toujours dire qu'il **roule sur l'or**, expression qui a le mérite d'être imagée.

FRANC

Le symbole de notre unité monétaire n'est ni « fr. », ni « Fr. », mais un simple « **F** » majuscule non suivi d'un point : l'étiquette portait **45 F** ce matin même.

« FRANÇAIS »

Si la dégradation de la langue française, que l'on constate avec consternation, est chose déplorable, non moins lamentable est l'absence de tout projet, de toute programmation pour s'y opposer de façon efficace dans nos établissements dits d'« enseignement », qu'il s'agisse de respecter le véritable sens des mots, leur orthographe, leur prononciation, sans oublier la correction grammaticale.

Par une étrange confusion des genres, l'étude de la **littérature** se substitue **indûment** à celle de la langue proprement dite au cours de centaines d'heures portant néanmoins dans les emplois du temps l'appellation usurpée de « français », qui se retrouve telle quelle au baccalauréat pour désigner une dissertation de type le plus souvent **littéraire**, à l'exclusion de toute question portant sur le vocabulaire français, par exemple. Et même s'il s'exprime dans un français élégant exempt de tout reproche, un candidat peu inspiré par le sujet à traiter sera injustement pénalisé d'une mauvaise note de « français » (?), ce qui n'est pas le moindre des paradoxes !

L'étiquette « français » recouvrant une tout autre denrée, on rechercherait en vain l'appellation « littérature » dans l'emploi du temps de nos lycéens, bien qu'elle y occupe une place de choix. Il est donc grand temps que les autorités dites « compétentes » prennent conscience de la béante lacune que constitue l'absence d'un enseignement rationnel et solide de la langue française, échelonné sur plusieurs années en suivant un programme précis et soigneusement élaboré.

Remarque 1. Cette confusion des genres est si bien entrée dans les mœurs que, en août 1991, au cours d'une émission télévisée testant les connaissances des élèves en vacances, une question étiquetée « français » invita l'un d'eux à indiquer la phrase qui revient comme un leitmotiv dans *le Petit Prince* de Saint-Exupéry. Bien mieux, si l'on peut dire, une autre question de « français » *(sic)* portait sur le nom du compagnon de Robinson Crusoé dans son île déserte, alors qu'il s'agissait une nouvelle fois de **littérature** et, plus précisément, de littérature... **anglaise** ! Surprenante erreur sur le contenu...

Mais il faut être juste, car une troisième question de « français » concernait bel et bien cette langue, ce qui prouve que tout arrive. Invité à indiquer l'adverbe auquel avait donné naissance l'adjectif **absolu,** un jeune candidat fut tristement incapable de répondre « absolument » !

Remarque 2. La même année, une candidate au baccalauréat obtint la note exceptionnellement brillante de vingt sur vingt pour une dissertation nettement plus philosophique que littéraire sur « l'homme dans la foule », à l'occasion de l'épreuve baptisée... « français ». Sans commentaires.

FRANGLAIS

À l'origine, ce terme assez confidentiel désignait la traduction littérale, généralement cocasse, du français en anglais, ou **vice versa,** à laquelle se livraient facétieusement des intellectuels possédant bien ces deux langues. Exemple : *« Sans tambour ni trompette »* rendu mot pour mot par un amusant ***« Without drum nor trumpet »***.

Et, dans plus d'un cas, la fausse traduction ressemblait fort à celle d'un potache très peu doué et dépourvu du sens du ridicule.

Mais, en 1955, le mot **franglais** apparut pour désigner par dérision l'emploi jugé abusif de **néologismes anglais** dans un contexte français. Exemples : ***boss***, ***chips***, ***cover-***

girl, ***gadget***, ***lifting***, ***living-room***, ***shaker***, ***shopping***, ***snack-bar***, ***strip-tease***, ***sweater***, ***week-end***.

Paradoxalement, des gens susceptibles qui se plaignent de cette « invasion » d'un nouveau genre sont les premiers à utiliser les termes **handicapé** et **pin's** (affublé d'une apostrophe et d'un « **s** » parfaitement ridicules !), au lieu de dire en bon français **inadapté** et **insigne**, voire **épinglette**. Est-ce bien raisonnable ?

Et que diraient-ils du **japonais** qui, beaucoup plus accueillant que le français, emploie des mots **anglais** pour désigner, entre autres, une **fourchette**, une **cuiller**, un **couteau**, un **verre**, un **bouton**, un **pneu**, une **épingle**, une **allumette**, du **lait**, du **beurre**, etc. ?

Cela dit, les adversaires du franglais sont le plus souvent loin de se douter que nous sont venus tout droit d'outre-Manche des mots aussi courants que **confort**, **détective**, **disqualifier**, **humour**, **importer**, **jury**, **paquebot**, **partenaire**, **sentimental**, **sinécure**, **tonnage**, **tourisme**, **verdict** et **vote**, dont l'origine anglaise est loin d'être évidente.

Mais, infiniment plus nombreux sont les mots français qui, au cours des siècles, ont franchi la Manche en sens inverse pour être « naturalisés » anglais par milliers, tels les **noms** suivants : ***air***, ***art***, ***ambulance***, ***armistice***, ***avenue***, ***biscuit***, ***colonel***, ***commerce***, ***courage***, ***cousin***, ***crime***, ***danger***, ***divorce***, ***force***, ***fruit***, ***justice***, ***melon***, ***miracle***, ***multitude***, ***opinion***, ***orange***, ***poison***, ***port***, ***prison***, ***sabotage***, ***suicide***, ***technique***, ***train***, ***village***, ***voyage*** (sur mer). Même volontairement réduite à trente mots, cette liste prouve à l'évidence que, à l'opposé du franglais chez nous, le vocabulaire français est omniprésent en anglais.

Cette réalité est confirmée par cette liste d'**adjectifs** anglais empruntés au français qui, bien qu'intentionnellement limitée à vingt, n'en est pas moins éloquente : ***admirable***, ***agile***, ***arrogant***, ***burlesque***, ***capable***, ***certain***, ***fragile***, ***grotesque***, ***horrible***, ***important***, ***impudent***, ***inno-***

cent, ***insolent***, ***intelligent***, ***loyal***, ***noble***, ***nonchalant***, ***prudent***, ***royal***, ***terrible***[1].

Les mots anglais empruntés à notre langue étant, par conséquent, légion et, en tout état de cause, infiniment plus nombreux que ceux qui nous sont venus d'outre-Manche — qu'il s'agisse ou non de ce « franglais » contesté —, il va de soi que, en présence d'un texte anglais, un Français se sent nettement moins en *terra incognita* qu'un Russe ou un Allemand, par exemple.

FRIGIDAIRE

Ce nom, qui porte une majuscule, est la propriété de la société **General Motors**. Il ne faut donc pas l'employer inconsidérément dans le sens de **réfrigérateur**.

FRUSTE

Tout comme le nom **fatras**, l'adjectif **fruste**, qui a d'abord signifié « usé par le frottement », ne prend qu'un « **r** ». Probablement due à l'attraction des mots **frustrer** et **rustre**, la forme « frustre » constitue donc un **barbarisme**.

FUCHSIA

Le nom de cette fleur vient de celui du botaniste allemand **Fuchs**, dont les trois dernières consonnes se prononcent « **x** », tout comme dans celui du colorant appelé **fuchsine**, qui se dit « fuxine ». Il n'y a donc aucune raison de déformer en « fuchia » la prononcia-

---

1. On notera avec intérêt que la **Royal Air Force** rassemble trois termes empruntés au français.

tion du nom écrit **fuchsia**, qui doit se dire « fuxia » à l'instar de **fuchsine**.

FUIR

Contrairement à **cuire**, **luire** et **nuire**, le verbe **fuir** ne prend pas d'« **e** » en position finale.

FUSILIER

Ce nom désignant un militaire est trop souvent prononcé paresseusement comme s'il s'agissait du participe passé « fusillé ». La « nuance » est pourtant de taille si l'on considère que le sort du premier est nettement préférable à celui du second !

FUT, FÛT

La première forme est le **passé simple de l'indicatif** du verbe **être** : en nous apercevant, notre ami **fut** très étonné.

La seconde forme, affectée d'un **accent circonflexe**, est l'**imparfait du subjonctif** : il eût été souhaitable que ton père **fût** présent à l'entretien. Elle est homographe du nom **fût**, désignant un récipient.

FUTUR

Ce nom remplace de plus en plus souvent le mot **avenir** sous l'influence de l'anglais *future*. Est-il si difficile de traduire l'anglais « in the future » par le français « **à l'avenir** » ?

FUTUR ET CONDITIONNEL

La terminaison « **-rai** » du **futur** de l'indicatif se prononce comme la note **ré** avec un « **é** » fermé.

Les terminaisons « **-rais** », « **-rait** » et « **-raient** » du **conditionnel** se prononcent comme **raie**, avec un « **è** » ouvert. Il ne faut pas confondre j'**aurai** et j'**aurais**, je **serai** et je **serais**, etc.

Remarque. Cette distinction est essentielle si l'on ne veut pas prendre une simple éventualité (je vous le **donnerais** si...) pour une promesse formelle (je vous le **donnerai**).

G

GÂCHETTE

Située à l'**intérieur** d'une arme à feu et, partant, invisible, la **gâchette** a pour fonction d'en maintenir armée la pièce appelée **chien**. Pour faire feu, le tireur n'appuie donc pas sur la gâchette, mais sur la (queue de) **détente**, ce nom désignant la **languette** métallique servant à cet usage. L'erreur si fréquente consistant à donner à la **détente** le nom usurpé de « gâchette » représente un des plus fâcheux contresens.

-GAGE, -GUAGE

L'« **u** » du radical du verbe n'apparaît pas devant le suffixe « **-age** ». D'où :

draguer, dragage **élaguer : élagage**	**larguer : largage** **tanguer : tangage**

Une seule exception : **baguer, baguage**. C'est ainsi qu'on distingue le **bagage** du voyageur du **baguage,** action de **baguer** un oiseau.

GAGEURE

Dans ce nom, qui contient l'élément **gage**, on conserve l'« **e** » entre le second « **g** » et l'« **u** » pour bien montrer que cette consonne ne se prononce pas comme dans « figure ». Il va de soi que le nom **gageure** se prononce « gajure » et non pas « gage-Eure », faute qui n'est que trop fréquente.

-GANT, -GUANT

L'orthographe des mots ci-dessous — de même prononciation — diffère selon qu'il s'agit, soit d'un **adjectif** ou d'un **nom (-gant)**, soit d'un **participe présent (-guant)**. Dans ce dernier cas, le radical de l'infinitif reste inchangé.

fatiguer	**fatigant**	(en) **fatiguant**
intriguer	**intrigant**	(en) **intriguant**
naviguer	**navigant**	(en) **naviguant**

GAUTIER

Le patronyme de l'écrivain Théophile **Gautier** s'écrit sans « **h** » dans la seconde syllabe.

-GEANCE, -GENCE

Prennent un « **a** » devant l'« **n** » : **allégeance, engeance, obligeance, vengeance.**

Prennent un « **e** » devant l'« **n** » : **agence, convergence, diligence, divergence, exigence, indulgence, intelligence, négligence, tangence, urgence.**

-GEANT, -GENT

L'orthographe des mots ci-dessous — de même prononciation — diffère selon qu'il s'agit d'un **adjectif (-gent)** ou d'un **participe présent (-geant).**

converger	**convergent**	(en) **convergeant**
diverger	**divergent**	(en) **divergeant**
négliger	**négligent**	(en) **négligeant**

GÉNÉRER

Depuis quelques années, le verbe **générer**, plus ou moins tombé en désuétude, semble exercer une telle

fascination qu'il est en passe de se substituer à **engendrer** et à **produire**. Était-ce bien nécessaire ?

GÉNIAL

Si l'on peut à bon escient qualifier de **génial** le claveciniste et compositeur précoce que fut Mozart, parce qu'il avait du **génie**, il est vraiment abusif et exaspérant de galvauder ce noble adjectif à tout propos en disant : un pantalon « génial », une moto « géniale », une lessive « géniale »...

GENT

De nos jours, ce nom féminin passé de mode est plus connu au **pluriel** sous la forme de **gens**, sans « **t** ». On le rencontre dans La Fontaine pour désigner le peuple des souris sous la forme de la « **gent** trotte-menu ». Hélas, trop nombreux sont ceux qui, l'employant pour faire de l'effet, le transformant indûment en « gente » affecté d'une voyelle finale superflue. Mais, même si ce nom, qui rime avec **agent**, n'a guère l'allure d'un féminin, on parlera à bon escient de **la gent féminine**.

GENTILHOMME

On oublie souvent que le premier élément de ce nom prend, lui aussi, la marque du **pluriel** : des **gentilshommes (-zom)** [1].

GÉRARDMER

Le nom de cette ville des Vosges rime avec le verbe **aimer** et non pas avec la mer.

GHISLAINE

La présence d'un « **h** » dans la première syllabe de ce prénom montre qu'elle ne se prononce pas « ji ». Présent dans les noms **ghetto** et **Enghien**, par exemple, il donne au « **g** » le son **dur**, si bien que la syllabe « **Ghi** » se dit comme le prénom **Guy**. Quant au « **s** », il est aussi muet que dans Rouget de **Lisle**. Il en résulte que **Ghislaine** ne se prononce pas « jiss-laine », mais bel et bien « **gui-laine** », ce qui, non seulement, est logique, mais gagnerait à être connu. On rencontre d'ailleurs la graphie **Guilaine**, féminin de **Guilain**, qui existe également.

---

1. Voir **bonhomme**.

GIFLE

Contrairement à **siffler** et à ses dérivés, le nom **gifle** et le verbe **gifler** ne prennent qu'un « **f** ».

GIRAFE

Depuis longtemps, ce nom prend un seul « **f** » en français.

GLOBULE

Ce nom est du genre **masculin** : **un** globule **blanc**.

GLU

Sous l'influence de l'anglais ***glue***, trop de gens affublent ce nom français d'un « **e** » final superflu. Les trois autres noms féminins terminés par un « **u** » précédé d'une consonne sont **bru**, **tribu** et **vertu**.

GOAL

Dans les pays francophones autres que la France, le nom anglais ***goal***, que nous prononçons « **gaule** », désigne un **but** et non un **gardien de but**, lequel se dit ***goal keeper*** en anglais. Pour ne pas fabriquer un anglais « *made in France* », il suffit de donner à ce joueur le nom de **gardien**.

GRÂCE À

Grâce à contient l'idée de **gratitude** — mot de même étymologie — comme le montre l'exemple suivant : *il a réussi **grâce à** sa persévérance.*

À moins d'y mettre une intention ironique, on ne dira donc pas : « Elle a échoué à l'examen **grâce à** tes conseils », mais « ... **à cause de** tes conseils ».

GRÂCE, GRACIER, GRACIEUX

Le verbe **gracier** et l'adjectif **gracieux** ne prennent pas l'accent circonflexe du nom **grâce**.

GRAND-MÈRE

Des gens mal renseignés recommandent d'écrire « grand'mère » avec une apostrophe censée remplacer l'« **e** » de l'adjectif féminin **grande**. Or, il s'agit là d'une erreur doublée d'un excès de zèle pour la simple raison que l'adjectif **grand** s'employait jadis aussi bien au **féminin** qu'au masculin, comme le prouve la **mère-grand** d'un des contes de Charles Perrault. On écrit donc avec un **trait d'union**, non seulement **grand-mère**, mais encore : **grand-chose**, **grand-croix**, **grand-faim**, **grand-maman**, **grand-messe**, **grand-peine**, **grand-route**, **grand-rue**, **grand-soif**, **grand-tante**, etc.

GRAND OUVERT

Comme tout adverbe, un adjectif qualificatif employé **adverbialement** est invariable. D'où : des gens **fort** distingués. Cependant, un usage qui, d'après la *Grammaire Larousse du français contemporain*, représente un état ancien de la langue, veut que l'adjectif **grand** jouant le rôle d'adverbe **s'accorde** avec l'adjectif ou le participe passé qu'il précède ; d'où : une porte **grande** ouverte ; des yeux **grands** ouverts.

Il n'en reste pas moins que le *Grand Larousse de la langue française* précise que, dans ce cas, de bons auteurs penchent pour l'**invariabilité** de l'adjectif **grand**.

C'est ainsi que Paul Bourget, de l'Académie française, a écrit : « Les fenêtres étaient **grand** ouvertes sur le jardin. »

GRAULHET

Le nom de cette ville du Tarn se prononce comme s'il s'écrivait « Grauillet », ce qui exclut donc ce déplaisant « gros laid » !

GRÉ

Il faut dire **savoir** gré et non pas « être » gré à quelqu'un. Il en résulte que la tournure « je vous **serais** gré » est une lourde incorrection et qu'il faut dire : « Je vous **saurais** gré ». Autres exemples : *elle vous sait gré de votre dévouement ; nous vous* ***saurons*** *gré de votre amabilité.*

GROENLAND

Dans ce nom **danois**, le digramme « **oe** » se prononce « **eu** » comme dans **Goethe** et **Koenig**, et non pas « oè » comme dans **troène**, où l'« **e** » porte un accent grave. À l'instar de Paul-Émile Victor, il faut donc dire « greunland » en deux syllabes.

GUISE

Dans le nom de cette ville de l'Aisne et, bien entendu, dans celui du duc de **Guise**, la première syllabe ne se prononce pas comme le mot « gui », mais comme la deuxième syllabe d'**aiguillon**, en faisant entendre la voyelle « **u** ». Le nom propre **Guise** n'est donc pas homophone du nom commun **guise**.

H

H « ASPIRÉ » ET H « MUET »

Concernant la langue française, ces deux qualificatifs sont d'autant plus hors de propos que, n'étant jamais prononcés, tous nos « **h** » sont **muets** et que pas un seul n'est « aspiré », pas plus, d'ailleurs, qu'expiré ! Inversement, il existe en anglais des « **h** » **muets**, dans ***honour*** (honneur), ***hour*** (heure) et ***heir*** (héritier), par exemple, et de nombreux « **h** » qui ne sont pas « aspirés », mais bel et bien **expirés**, ce qui n'est pas du tout la même chose : ***hand*** (main), ***heat*** (chaleur), ***house*** (maison), etc.

1. Le « h » d'hiatus (dit « aspiré »).

Il empêche l'élision de l'article défini (« l' » héron), ainsi que la liaison (les « zérons »). Il est donc incorrect de prononcer : des « zaricots », chez « Zachette », ils ont « tissé » le drapeau, ils s'étaient « teurtés », cet attaquant est « tors-jeu », le rythme est très « zaché », la mer est « touleuse », les « Zongrois » et les « Zollandais », un « nandicapé », à tout « tasard », les défenseurs furent « tarcelés ».

En évitant soigneusement de faire la liaison, on prononcera donc respectivement : des / **haricots**, chez /

Hachette, ils ont / **hissé** le drapeau, ils s'étaient / **heurtés**, cet attaquant est / **hors-jeu**, le rythme est très / **haché**, la mer était / **houleuse**, les / **Hongrois** et les / **Hollandais**, un / **handicapé**, à tout / **hasard**, ils furent / **harcelés**.

Remarque. Il va de soi que le « **h** » **d'hiatus**, improprement baptisé « aspiré », est absolument **muet**.

2. L'« h » d'élision ou de liaison (dit « muet »).

Élision de l'article défini : **l**'hameçon, **l**'hélice, **l**'hiver, **l**'horreur, **l**'humble serviteur, que l'on opposera à **la** hachette, **le** handicap, **le** héros, **le** hibou, **la** hotte, **le** hublot, où l'article défini ne saurait être élidé. Bien entendu, on fera la liaison dans **des habits, sans hésitation, trois hivers, deux hommes, six huîtres**, que l'on opposera à des / **harengs**, deux / **héros**, un / **hibou**, des / **hors-d'œuvre**, les / **hurlements**.

En conclusion, l'« **h** » dit « muet » est donc, en réalité un « **h** » d'**élision** ou de **liaison**.

Remarque. On opposera **le** héros (hiatus) à **l**'héroïsme et **l**'héroïne (élision).

HABITAT

L'Académie française a rappelé que le mot **habitat** a un sens nettement plus étendu que le nom **habitation**, même si celui-ci le dépasse d'une syllabe. Si l'on parle à bon escient de l'**habitat** urbain ou rural, de l'**habitat** d'une espèce humaine, animale, végétale, on ne peut que construire des **habitations** et changer d'**habitation**.

Il en résulte qu'il est à la fois pédant et impropre de parler de l'« habitat » d'une famille nombreuse, par exemple.

HALER, HÂLER

Écrit sans accent circonflexe, le verbe **haler** signifie **remorquer**. Écrit avec un accent circonflexe, **hâler** a le sens de **bronzer** : on peut **hâler** en **halant** un bateau en plein soleil.

HALTÈRE

Ce nom, qui commence par un « **h** » dit « muet », est du genre **masculin** : **un** haltère plus **lourd** que le mien.

HANDBALL

Quand il est question de sports comme le **football**[1], le **basket-ball**, le **volley-ball**, qui sont nés dans des pays anglophones, nous prononçons comme dans « La **Baule** » le second élément, qui se rapproche ainsi suffisamment de l'original. Or, bien qu'il ait une allure anglaise, le nom **handball**, formé de deux mots **allemands** signifiant respectivement « main » et « balle » (ou « ballon ») — tout comme leurs homographes anglais —, désigne un sport qui a vu le jour en Allemagne peu avant la dernière guerre. Il n'y a donc aucune raison de prononcer à l'anglaise le second élément du nom de ce sport et, puisque l'allemand ***Ball*** est homophone du français **balle**, il faut donc dire à la française la seconde syllabe du mot **handball**.

HANDICAP, HANDICAPER

1. Étant d'origine anglaise, le nom **handicap** commence par un « **h** » dit « aspiré », tout comme le verbe **handicaper.** Il faut donc bien se garder de commettre la faute si répandue consistant à prononcer à tort : les « zandicapés ».

1. Les Espagnols écrivent ***futbol***, phonétiquement.

2. On se demande à juste titre pourquoi les adversaires déclarés du « franglais » emploient le terme **handicapé**, d'origine anglaise, alors qu'il serait si simple de dire **inadapté** en bon français.

HARASSER

Contrairement à **débarrasser** et **embarrasser**, le verbe **harasser** ne prend qu'un « **r** » entre les deux « **a** ». On ne comprend donc pas pourquoi, au cours d'une séquence publicitaire, une actrice occasionnelle censée proposer une dictée à des élèves adultes prononce ce verbe avec insistance comme s'il s'écrivait « harrasser ».

HARCÈLEMENT

Ce nom commençant par un « **h** » d'hiatus, il est absurde de parler d'un « narcèlement » sexuel. Il va de soi qu'on ne saurait dire que l'ennemi est « tarcelé ».

HARICOT

Très nombreux sont nos compatriotes auxquels des gens fort mal renseignés ont cru bon de faire savoir que, naguère, l'Académie française aurait accepté la liaison « les zaricots » ! Cette révélation est d'autant plus surprenante que tous les dictionnaires français indiquent que ce mot commence par un « **h** » de la variété dite « aspirée ». Ce prodigieux bobard ayant été avalé en toute confiance par des légions de naïfs, on ne répétera jamais trop qu'il s'agissait en réalité d'un amusant canular des « années vingt », dont l'auteur était alors bien loin de se douter de l'éclatant succès que remporterait son entreprise, même dans le milieu enseignant.

HARVARD

Ne sachant pas vraiment lire, trop de gens prononcent le nom de cette célèbre université américaine comme s'il s'écrivait « Harward », avec un « **w** ».

HASARD

1. Contrairement à **bazar**, le nom **hasard** ne s'écrit pas avec un « **z** », comme en anglais, mais avec un « **s** ».

2. Le mot **hasard** commençant par un « **h** » de la variété baptisée « aspirée », il ne faut pas imiter nos trop nombreux compatriotes qui prononcent « à tout **tasard** » ;

3. Parler de « hasard **imprévu** » constitue un **pléonasme**.

HAUTS-DE-SEINE

Il ne faut pas déformer en « Haute-Seine » — à l'image de **Haute-Saône** — le nom de ce département de la petite couronne parisienne.

HÉBREU

Le féminin de l'adjectif **hébreu** n'est pas « hébreue », mais hébraïque : la tradition **hébraïque**.

HÉCATOMBE

Remontant au grec ***hekatombé*** désignant le sacrifice de **cent bœufs**, ce nom s'applique aujourd'hui par extension au massacre d'un grand nombre de **personnes** ou d'**animaux**.

HÉMISPHÈRE

Contrairement au nom **sphère**, ce terme est du genre **masculin** : l'hémisphère **boréal** et l'hémisphère **austral**.

HENRI

Ce prénom s'écrivait jadis **Henry**, tout comme en anglais. De nos jours, il s'écrit plus prosaïquement avec un « **i** ».

HÉRISSÉ

Ce mot commence par un « **h** » d'hiatus, dit « aspiré ». Il n'y a donc aucune raison de parler de cheveux « tout térissés », pas plus, d'ailleurs, que des piquants des « zérissons ».

HÉRITER

On hérite **de** quelque chose et on hérite **de** quelqu'un, même si ces deux compléments ne sont pas de même nature. Mais quand ils figurent dans la même phrase, la préposition n'est employée qu'**une** fois : elle avait hérité une fortune **de** ses parents.

En ce qui concerne l'emploi du pronom relatif, on dira : la fortune **dont** il a hérité ; les gens **dont** il a hérité, mais : la fortune **qu'**il a héritée **de** ses parents.

HIATUS

La première lettre de ce nom est un « **h** » dit « muet » (voir ce mot). Il ne faut donc pas dire « **le** hiatus », mais **l'**hiatus.

L'**hiatus** est la rencontre, souvent désagréable à

l'oreille, de **deux sons vocaliques**. Exemple : *André a été aperçu à Arras ou à Amiens*. Ce genre d'hiatus est interdit en poésie classique.

HINDOU, INDIEN

Le terme **hindou** n'a rien à voir avec la nationalité des habitants de l'**Inde**. Il désigne uniquement un adepte de l'**hindouisme**, qui est la religion **brahmanique**, la plus répandue dans l'Inde actuelle.

Selon le contexte, un **Indien** peut être soit un habitant de l'**Inde**, vaste pays d'Asie, soit un indigène du continent **américain** : Apache, Aztèque, Huron, Sioux, etc. Dans ce dernier cas, mieux vaut, pour éviter toute équivoque, parler d'**Amérindiens**.

H.L.M.

Désignant une **habitation à loyer modéré**, ce sigle est du genre **féminin** à l'image du nom **habitation** : **une** H.L.M. de la banlieue lyonnaise.

HOLLANDE ET PAYS-BAS

Le nom de **Hollande** ne s'applique qu'à **deux** des onze provinces que comptent les Pays-Bas. Quand il est question du pays tout entier, mieux vaut donc dire les **Pays-Bas**, terme qui traduit *Nederland*. Ce dernier fut francisé en **Néerlande**, mot qui n'est plus employé, mais que l'on retrouve dans l'adjectif **néerlandais**, qui n'est nullement synonyme de **hollandais**.

HOMOGRAPHE

Sont **homographes** des mots de **même graphie** qui peuvent fort bien se prononcer de façons différentes. Exemples : *Cette ville* ***est*** *à* ***l'est*** *; nous* ***portions*** *des* ***portions*** *; les poules* ***couvent*** *au* ***couvent*** *; mon* ***fils*** *ne mange que des haricots vers sans* ***fils****.*

HOMONYME, HOMOPHONE

Les homonymes étant, étymologiquement, des mots **semblables**, on ne saurait attribuer cette étiquette à des termes, comme **sot**, **seau**, **sceau** et **Sceaux** (Hauts-de-Seine) qui sont précisément de sens et de graphie **différents**. Se prononçant de la même façon, ils sont en réalité **homophones**, tout comme les noms **chant** et **champ**.

Portant exactement le même patronyme, le président américain Lyndon **Johnson** et le Premier ministre québécois Daniel **Johnson** étaient **homonymes**. Certains cas d'homonymie peuvent être la cause de bien des quiproquos.

HONTE, HONTEUX

Ces deux mots commençant par un « **h** » d'hiatus, il est absurde de prononcer : c'est « tonteux ».

HORS

La préposition **hors**, signifiant **au-delà de**, n'est nullement homographe de la conjonction **or**. D'où : **or**, c'était **hors** de question.

Le mot **hors** commençant par un « **h** » **d'hiatus**, il ne faut pas se rendre coupable de fausses liaisons du genre de : il est « torjeu » ou c'est « tors » de question, qui n'offensent que trop souvent nos oreilles.

Horse Guard

L'« **u** » de l'anglais ***guard*** étant muet, nous n'avons aucune raison de prononcer « gouard », comme s'il s'agissait de l'italien ou de l'espagnol ***guardia***. Dans un contexte français, il suffit de dire « **garde** » à la française. Également muet est l'« **u** » de ***Guardian***, nom d'un journal britannique.

HÔTE

Ce nom **ambivalent** désigne aussi bien la personne qui **reçoit** que celle qui **est reçue**. Il en résulte assez bizarrement que tout invité est l'**hôte** de son **hôte**... Il est donc recommandé de n'employer ce nom que lorsqu'aucun doute ne subsiste sur sa signification, et d'appeler **invité** la personne qui est reçue.

Il est important de souligner que le nom **hôtesse**, féminin d'**hôte**, désigne uniquement la personne qui **reçoit** chez elle.

HOULE, HOULEUX

Ces deux noms commençant par un « **h** » d'**hiatus,** il ne saurait être question de dire que la mer est « touleuse ».

HUER

La consonne initiale étant un « **h** » **d'hiatus,** il est ridicule de prononcer « ils se sont fait **tuer** » pour... **huer**.

HUITANTE

Ce terme commode est employé en Suisse romande dans le sens de **quatre-vingts**. Mais il y est parfois concurrencé par ce dernier, et même par… **septante-dix**. Quant à **octante**, il semble en voie de disparition.

HYPNOTISER

Dans ce mot, le « **p** » précède l'« **n** », comme dans **pneu**. La forme « hynoptiser » est donc un **barbarisme**.

HYPOTÉNUSE

Contrairement à **hypothèse**, le nom **hypoténuse** ne prend pas d'« **h** » après le « **t** ».

I

ICEBERG

Des linguistes à la petite semaine critiquent la prononciation « aïs », à l'anglaise, du premier élément d'**iceberg** sous prétexte que ce nom est d'origine **islandaise**. S'ils tiennent vraiment à la prononciation islandaise de ce mot, ils n'ont qu'à l'écrire « **isberg** » comme dans cette langue et non pas **iceberg** à l'anglaise. C'est la logique même.

ICI (D')

Ne pas dire « d'ici l'an 2000 », mais « d'ici **à** l'an 2000 », comme on dit « d'ici **à** Berlin ».

IGNORER

« Vous n'êtes pas sans **manger** pour vivre » signifie clairement : « Vous **mangez**... » et non pas : « Vous jeûnez... ». De la même façon, « Vous n'êtes pas sans **ignorer**... » a le même sens, en plus long, que « Vous **ignorez**... » et non celui de « Vous savez... ». Par conséquent, si l'on veut dire à quelqu'un : « Vous **savez** que la France est en Europe », c'est le prendre pour un ignorant que lui dire stupidement : « Vous n'êtes pas sans **ignorer** que la France est en Europe », tournure absurde que l'Académie française a condamnée, car elle signifie précisément le **contraire**. Bref, il s'agit là d'une de ces trop nombreuses fausses élégances dont raffolent ceux qui croiraient déchoir en s'exprimant avec simplicité et qui, chemin faisant, prouvent qu'ils ne savent pas véritablement ce qu'ils disent !

Remarque. Sachant que deux négations s'annulent, il est toujours possible de dire « vous n'êtes **pas sans savoir** », qui équivaut à « vous **savez** ».

ILLETTRÉ

Trop nombreux sont ceux qui, ne percevant pas le rapport qui unit ce mot au nom **lettre**, l'écrivent à tort « illétré », avec un seul « t ».

IMBÉCILE, IMBÉCILLITÉ

Né du latin *imbecillus*, le mot **imbécile** ne prend paradoxalement qu'un « **l** », alors que cette consonne est logiquement doublée dans le nom **imbécillité**. Il n'en reste pas moins que des réformateurs de l'orthographe voudraient qu'on l'écrive « imbécilité » au mépris de l'étymologie.

IMPECCABLE

Cet adjectif s'applique à une personne qui ne saurait **pécher** (latin *peccare*) ou **se tromper** : qui peut se prétendre **impeccable** ? Aujourd'hui, **impeccable** est trop souvent employé en parlant de choses : une chemise

« impeccable », un saut en hauteur « impeccable ». Cet élargissement de sens n'étant pas indispensable, on peut toujours dire, à propos d'une chose, qu'elle est **parfaite**, **irréprochable**, **immaculée**, car la langue française n'est pas des plus pauvres en vocabulaire.

IMPÉRATIF

Dans les verbes du premier groupe conjugués à la **deuxième personne du singulier de l'impératif**, il n'y a pas d'« s » en position finale. On opposera donc :

Mange ! à (tu) **manges**
Donne ! à (tu) **donnes**
Danse ! à (tu) **danses**
Saute ! à (tu) **sautes**

On opposera également : **va** ! à (tu) **vas**.

Pour éviter l'hiatus devant les pronoms **en** et **y** non suivis d'un infinitif, on écrit avec un « s » suivi d'un trait d'union :

Parles-en ! **Cherches**-en ! **Donnes**-en !
Penses-y ! **Restes**-y ! **Vas**-y !

IMPÉTRANT

Le verbe **impétrer** signifiant « **obtenir** de l'autorité compétente », l'**impétrant** est celui qui **obtient** un titre, un diplôme, une charge : ce diplôme doit porter la signature de l'**impétrant**. Employer ce nom dans le sens de **candidat**, de **postulant**, constitue donc une impropriété assez fréquente de nos jours.

IMPORTANT

Le prestige du terme abstrait qui fait « distingué » incite bien des gens à employer l'adjectif **important** en lieu et place de **grand**, dont la syllabe unique fait beaucoup moins riche. Plutôt que dire tout bonnement qu'une piscine est plus **grande** ou plus **vaste** qu'une autre, on la qualifiera pompeusement de « plus **importante** », ce qui est nettement plus... impressionnant ! De la même façon, une brave ménagère se vantera d'avoir non pas la cuisine la plus **grande**, mais la plus « importante » de tous les appartements situés au même étage. Et maints lycéens contaminés par cette inflation du langage iront jusqu'à parler en anglais d'*« an important kitchen »*, expression des plus cocasses !

Or, il se trouve que les adjectifs **grand** et **important** ne sont pas nécessairement synonymes : si le Canada est un peu plus **grand** que les États-Unis, on ne saurait dire qu'il est plus « important » que son puissant voisin sur l'échiquier mondial. Mais, pour tous ceux qui, bien à tort, remplacent l'adjectif **important** par **conséquent**, il faut bien que le premier reprenne du service en se substituant à **grand**, **vaste** ou **spacieux**, bien que, ici encore, les termes adéquats ne manquent pas !

IMPORTER

On commet un pléonasme en disant « importer **de l'étranger** » (voir **exporter**). Mais en précisant le pays on peut fort bien dire : « **importer** des États-Unis ».

IMPRESARIO, IMPRÉSARIO

1. Les deux graphies sont admises, l'une étant l'**italienne**, l'autre la forme légèrement **francisée** par l'adjonction d'un **accent aigu**.

2. En italien comme en français, un « **s** » intervocalique se vocalise en « **z** » ; on prononce donc « imprezario » à l'instar de « **présage** ». On se demande pourquoi

tant de gens le prononcent « s » à l'espagnole, transformant « -zario » en « -sario ».

IMPUDENT, IMPUDIQUE

L'adjectif **impudent** signifie « d'une **insolence** poussée jusqu'au cynisme ». Le nom correspondant est **impudence**.

L'adjectif **impudique** signifie « **indécent**, qui blesse la **pudeur** ». Le nom correspondant est **impudicité** ou **impudeur**.

INATTENTION

En étant **inattentif**, on peut commettre une faute d'**inattention**, c'est-à-dire due à cette dernière. Il est donc illogique et incorrect de parler d'une « faute d'**attention** ». Cela dit, on peut commettre bien des erreurs **faute d'attention**, ce qui signifie **par manque d'attention**.

INCESSAMMENT

Le verbe **cesser** vient du latin ***cessare***, signifiant **tarder, traîner en longueur**, ainsi que **cesser**, ce qui explique les deux sens de l'adverbe **incessamment**, à savoir :

1. **Sans perdre de temps, sans délai** : tu partiras **incessamment** pour Berlin. Cela dit, cet emploi de l'adverbe **incessamment** est critiqué, car l'adjectif **incessant** n'est pas synonyme d'**imminent**. Il est donc préférable de dire **sans délai**, faisant ainsi l'économie d'un adverbe en « **-ment** ».

Remarque. Il va de soi que l'expression facétieuse « incessamment sous peu » constitue un **pléonasme**.

2. **Sans cesse, continuellement** : ces ouvriers infatigables travaillent **incessamment**. Mais, de nos jours, l'adverbe **incessamment** n'est presque plus jamais employé dans ce second sens.

INCLINAISON, INCLINATION

L'**inclinaison** est l'état de ce qui est **incliné**, comme un toit, un arbre, un terrain, la tour de Pise.

Au sens propre, une **inclination** est l'action de pencher le corps ou la tête en signe d'acquiescement ou de respect. Au sens figuré, une **inclination** désigne le mouvement de l'âme, le penchant naturel qui vous porte vers quelque chose. C'est aussi l'affection, l'amour.

INCOMMENSURABLE

Cet adjectif s'emploie pour parler de deux grandeurs, deux quantités **sans commune mesure** : le poids et la température d'un corps sont **incommensurables**, tout comme la vitesse de l'avion et l'âge de son pilote.

En raison même de sa longueur assez exceptionnelle, l'adjectif **incommensurable** est souvent employé dans le sens d'**immense**, **démesuré**, qui sont de même famille. On pourra donc parler d'un orgueil **incommensurable**.

INDIFFÉRER

L'emploi de ce verbe est vivement déconseillé. Mieux vaut donc ne pas dire « cela **m'indiffère** », mais « cela **m'est indifférent** ».

INDOOR

Ce terme anglais se traduit en français par **en salle** : cet athlète a battu deux records **en salle**.

INDUIRE

Il faut dire « **induire** en erreur », qui signifie **tromper** à dessein. Les deux formes « **enduire** en erreur » et « **introduire** en erreur » sont de grotesques impropriétés dignes du sapeur Camember...

INFÂME, INFAMIE

L'accent circonflexe de l'adjectif **infâme** ne se retrouve pas dans le nom **infamie**.

INFARCTUS

Nullement apparenté à une quelconque « fracture », le nom **infarctus** se rattache au verbe latin ***farcire***, qui a donné le français **farcir**. Il en résulte que la forme « infractus » est un barbarisme.

INFECTER, INFESTER

Le verbe **infecter** signifie « **contaminer** par des germes **infectieux** ». Exemple : *il faut soigner cette plaie au plus vite, car elle risque de s'**infecter** dans un bref délai.*

Le verbe **infester** (du latin ***infestus***, ennemi) signifie **ravager**, répandre la **désolation** par des actes hostiles. Exemple : *jadis, les brigands **infestaient** nombre de régions de France.*

Remarque. Ces deux verbes ne sont pas antinomiques si l'on considère que les rats qui **infestent** des dépôts de vivres peuvent y répandre des germes d'**infection**. Cela dit, ils ne sont nullement interchangeables.

INFORMEL

Pendant longtemps, l'adjectif français **informel**, où se reconnaît le nom **forme**, avait qualifié une forme de peinture **non figurative**. Mais il a perdu ce sens sous l'influence de traducteurs négligents qui se sont contentés de rendre l'anglais ***informal*** tout simplement par « informel » au lieu de véritablement le traduire en français par **officieux, non officiel, dans l'intimité, en petit comité, improvisé**, pour ne pas dire **à la bonne franquette**.

INGAMBE

Né de l'italien ***in gamba***, signifiant « en jambe », l'adjectif **ingambe** ne s'applique pas à une personne privée de l'usage de ses jambes, mais, bien au contraire, à qui a les **jambes lestes**. Exemple : *sur le court de tennis, nous avons rencontré un octogénaire exceptionnellement* ***ingambe***.

INGÉNIEUR DU SON

Il est faux de traduire dans tous les cas l'anglais ***engineer*** par le français « ingénieur », auquel il ressemble beaucoup. C'est ainsi qu'un ***sound engineer*** est plutôt un **technicien du son**.

INGÉNIOSITÉ, INGÉNUITÉ

L'**ingéniosité** est la qualité de celui qui est **ingénieux**, subtil, habile, plein d'esprit d'invention.

L'**ingénuité** est le fait de celui qui est **ingénu**, naïf, candide.

INGRÉDIENT

La dernière syllabe de ce nom ne se prononce pas comme celle de **quotidien**, mais comme celle d'**expédient**.

INITIER

Le verbe anglais ***to initiate*** signifiant aussi bien **commencer** qu'**initier**, il n'est pas rare que, sous l'influence de traducteurs assoupis, ce dernier soit employé dans le premier sens ; d'où : « les aménagements ont été **initiés** » au lieu d'**entamés**.

INOCULER, INOCULATION

Une erreur assez répandue consiste à doubler bien inutilement l'« **n** » du préfixe.

INONDER, INONDATION

Même remarque que pour **inoculer**, **inoculation**.

INSTANCE

Ce nom peut signifier une **sollicitation pressante** : joignez vos **instances** aux nôtres ; une **insistance** : ils nous en prient avec **instance**, d'où l'adverbe **instamment** ; la **série d'actes** d'une procédure dont est saisi un tribunal : introduire une **instance**.

C'est donc par erreur que certains baptisent « instance » le Tribunal de première instance, puis, par extension, la Cour de cassation, le Conseil de sécurité des Nations unies et d'autres organismes. Pour des raisons assez peu évidentes, le nom **instance** semble auréolé d'un certain prestige qui ne justifie tout de même pas qu'il soit employé à tort et à travers dans le sens abusif de **tribunal**, d'**autorité**, d'**institution**.

INTÉRESSANT

Trop souvent, cet adjectif abstrait est employé dans le sens de **pas cher**, de **bon marché**, d'**avantageux**. Cette fausse élégance devient franchement grotesque quand une cliente de la poissonnerie juge les maquereaux plus « intéressants » que les morues, ou *vice versa*.

Remarque. Est-ce une fausse association avec le mot **terre** qui provoque si souvent le doublement injustifié de l'« **r** » dans l'adjectif « interressant » purement imaginaire ?

INTERPELLER

Nullement apparenté à **appeler**, le verbe **interpeller**, tout comme **exceller**, **flageller**, **libeller**, **quereller** et **rebeller**, s'écrit avec deux « **l** », qui montrent à l'évidence que le second élément ne se prononce pas « peler », mais « **pèler** ». Trop répandue de nos jours, la prononciation « interpeler » est à la fois illogique et incorrecte.

INTERROGATIVE (FORME)

En raison d'un laisser-aller envahissant, la forme interrogative est le plus souvent négligée et malmenée par des professionnels de la parole qui interrogent des gens à la radio ou à la télévision.

FORME INCORRECTE ET NÉGLIGÉE	FORME CORRECTE
Où vous travaillez ? **Combien il gagne** ? **Pourquoi elle part** ? **D'où ils viennent** ? **Quand il pleut** ?	**Où travaillez-vous** ? **Combien gagne-t-il** ? **Pourquoi part-elle** ? **D'où viennent-ils** ? **Quand pleut-il** ?

Or, les cinq formes fautives susmentionnées sont, en réalité, des formes **affirmatives**, soit respectivement :

(Je crois savoir) **où vous travaillez**.

(On m'avait dit) **combien il gagne**.

(J'ignore) **pourquoi elle part**.

(Nous saurons) **d'où ils viennent**.

(Elle est triste) **quand il pleut**.

Ne reculant devant aucun sacrifice, les locuteurs fautifs n'hésitent pas à faire subir le même traitement à la langue anglaise quand, transposant leur question incorrecte « Pourquoi vous chantez ? », ils demandent tout crûment à un Britannique ou à un Américain « *Why you sing ?* », en trois mots, au lieu de ***« Why do you sing ? »*** en quatre, ce qui est un comble !

Cela dit, la forme interrogative reprend du poil de la bête grâce, si l'on peut dire, à l'emploi de la tournure « **est-ce que** », dont la lourdeur n'est pas faite pour arranger les choses et qu'on serait bien en peine de traduire littéralement dans aucune langue connue. La comparaison entre les deux tournures est suffisamment éloquente.

Il saute aux yeux que la première forme est nettement préférable à la seconde qui, malheureusement, est beaucoup plus fréquente au détriment de la brièveté et de la légèreté.

Que veux-tu ?	**Qu'est-ce que tu veux** ?
Que disent-ils ?	**Qu'est-ce qu'ils disent** ?
Où déjeune-t-elle ?	**Où est-ce qu'elle déjeune** ?
Ont-ils compris ?	**Est-ce qu'ils ont compris** ?
L'avez-vous vu ?	**Est-ce que vous l'avez-vu** ?
Loïc est-il là ?	**Est-ce que Loïc est là** ?
Quand dîne-t-on ?	**Quand est-ce qu'on dîne** ?
Pourquoi vient-il ?	**Pourquoi est-ce qu'il vient** ?
Qui le sait ?	**Qui est-ce qui le sait** ?

Remarque : trop fréquentes sont des questions incorrectes telles que : « **Est-ce que** l'objet est-**il** lourd ? ». En supprimant les trois premiers mots, on obtiendra la phrase allégée et correcte : « L'objet est-**il** lourd ? ».

INTERSTICE

Ce nom est du genre **masculin** : **un** interstice encore plus **étroit** que les autres.

INTERVENIR

Avec ses quatre syllabes qui lui confèrent une sorte de majesté, le verbe **intervenir** est en train de détrôner **survenir**, dont il n'est nullement le synonyme. Il est abusif de prétendre qu'une révolution ou une inondation est « intervenue », alors que l'une et l'autre **se sont produites**, tout simplement, et que des changements n'« interviennent » pas, mais **surviennent** dans une société.

INTERVIEW

Ce mot anglais est employé en français au **féminin**, à l'instar d'**entrevue**, nom dont il est tiré : **une longue** interview.

INVECTIVER

On n'**invective** pas quelqu'un, mais **contre** quelqu'un.

-ISME

L'« **s** » de ce suffixe ne se prononce pas « z », mais « s ». Il faut donc dire **classicisme** et **romantisme** comme ils s'écrivent et non pas « classicizme » et « romantizme ».

ISRAËL

Dans ce nom et dans ses dérivés **israélien** et **israélite**, la première consonne se prononce « s » et non « z ».

-ISSION, -ITION

S'écrivent avec deux « ss » ; **fission**, **scission** et **mission**, **admission**, **émission**, **permission**, **soumission**, etc., cette règle s'appliquant aux nombreux dérivés du verbe **mettre**.

Dans tous les autres cas, on écrit « **-ition** » avec un « **t** ». Soit : **apparition**, **démolition**, **édition**, **finition**, **partition**, etc.

IVAN, YVON

Ivan est la forme russe de **Jean**, à ne pas confondre avec **Yvon**, d'origine francique, qui s'est surtout localisé en Bretagne.

J

JADE

Ce nom est du genre **masculin** : **un** très **beau** jade.

JADIS

Contrairement à celui de **radis**, l'« **s** » final de **jadis** se prononce (voir **naguère**).

JOUKOV

Dans le patronyme russe de ce maréchal soviétique, la consonne initiale que nous employons représente tout simplement le son rencontré deux fois dans le français **joujou**. Il s'ensuit que la prononciation « Youkov » chère à certains beaux esprits est à la fois pédante et inexacte. Si elle correspondait à la réalité, nous écririons ce nom avec un « **y** », comme le prénom russe **Youri**.

JOUR (À, AU)

Mettre **à jour** signifie mettre **en règle** un livre de comptabilité, mettre un journal **au courant**. Cette opération est donc une **mise à jour**.

Mettre **au jour** revient à **sortir de terre** un objet où il était enfoui. Il s'agit ici d'une **mise au jour**.

JOUR (PRÉCÉDENT, SUIVANT)

Dans la traduction française de l'immense majorité des livres ou des articles écrits en anglais, les tournures ***the day before*** et ***the next day*** (ou ***the day after***) sont servilement rendues par « le jour précédent » et « le jour suivant » au lieu de **la veille** et du **lendemain**. Quand à ***the next morning***, il ne saurait être maladroitement traduit par « le matin suivant » se substituant au **lendemain matin**.

JOURNAL

À l'origine, un **journal** paraissait, comme son nom l'indique, **tous les jours**. Progressivement et par un élargissement de sens, l'appellation de **journal** s'est étendue à des publications **périodiques** autres que quotidiennes, ce qui n'est pas admis par tout le monde. Pour n'encourir aucun reproche et éviter toute confusion, mieux vaut réserver l'appellation de **journal** à une publication **quotidienne** en désignant les autres par les noms de **revue, magazine, hebdomadaire, périodique**. Ici encore, le vocabulaire est suffisamment riche et varié pour fournir le mot qui convient.

JUBILER

Dans une intention ironique, ce verbe est souvent employé par antiphrase pour dire familièrement **rager, être furieux** : « Trempé jusqu'aux os, tu parles s'il **jubilait** !... ». C'est pourquoi bien des gens se méprennent sur le sens de **jubiler**, qui signifie en réalité **éprouver une joie très vive** et appartient au langage familier.

JUGEOTE

Contrairement à **bougeotte**, le nom **jugeote** ne prend qu'un seul « **t** ».

JUIN

La prononciation « jouin » est à la fois fausse et vulgaire.

JUMPING

Ce terme sportif anglais peut être avantageusement remplacé en français par **saut d'obstacles**.

JUNGLE

En français, les groupes « **unc** » et « **ung** » se prononcent comme s'ils s'écrivaient respectivement « **onc** » et « **ong** ». Tel est le cas des mots **acupuncture**, **unciné** (pourvu d'un crochet), **unguéal** (relatif à l'ongle), **unguis** (un petit os), **unguifère** (qui porte un ongle), sans oublier la boisson nommée **punch**, mot prononcé comme s'il s'écrivait « ponche », rimant avec **bronche**, et le

nom **contrapuntiste**, également écrit **contrapontiste**, ce qui est révélateur de sa prononciation.

Conformément à cette règle, le nom **jungle** doit donc se prononcer « jongle », rimant avec **ongle**, ce que savant de trop rares commentateurs de documentaires tournés dans la jungle.

K

KAMIKAZE

Même employé dans un contexte français, ce mot japonais doit se prononcer en **quatre syllabes**, la dernière n'étant autre que « **-zé** », ce qui exclut l'étrange francisation que représente « qu'ami case »...

KIDNAPPER

Ce verbe, formé sur un mot anglais né aux États-Unis, peut être avantageusement remplacé par **enlever** dans un contexte français. Quant aux **kidnappers**, ce sont tout simplement des **ravisseurs**. En tout état de cause, il ne faut pas employer abusivement ces deux termes quand des **objets** ont été volés, ce qui exclut que des inconnus aient pu « kidnapper » une voiture ou des bijoux de valeur.

L

La Boétie

Le nom de cet écrivain ami de Montaigne se prononçait « La Boitie », la dernière syllabe étant celle de **sortie**. Mais il se dit aujourd'hui comme s'il s'écrivait « La Boécie ».

LAC, LACS

Se faire prendre au piège se dit non pas « tomber dans le **lac**, soit dans l'eau, mais « tomber dans le **lacs** », ce nom désignant un **lacet**, un **cordon**, puis un **nœud coulant**. Le « **c** » étant muet, le nom **lacs** se prononce comme l'adjectif **las**.

LAISSÉ

Comme pour **entendu** et **vu**, l'accord du participe passé **laissé** se fait en genre et en nombre avec le complément d'objet quand celui-ci est le **sujet implicite** de l'infinitif. D'où : la fillette que nous avons **laissée** jouer.

Le rôle **passif** est marqué par l'**invariabilité** du participe passé : la petite chienne s'est **laissé** soigner ; les cambrioleurs s'étaient **laissé** arrêter.

LAISSER-ALLER

Le premier élément de ce nom est l'**infinitif** du verbe **laisser** ; on ne saurait donc écrire ni « laissé-aller », ni « laissez-aller ».

LAISSEZ-PASSER

Contrairement au précédent, le premier élément de ce nom est l'**impératif** du verbe **laisser** à la deuxième personne du pluriel.

LANDAU

Contrairement à celle de **bardeau**, la dernière syllabe du nom **landau** ne prend pas d'« **e** ». Le pluriel de **landau** est **landaus** avec un « **s** » et non un « **x** ».

LANGAGE

Influencée par l'anglais, la graphie « language » est à rejeter avec son « **u** » superfétatoire.

LAPER

Contrairement à **japper**, le verbe **laper** ne prend qu'un « **p** » : le chien **jappe**, puis **lape** de l'eau.

LEGS

Ses deux dernières consonnes étant **muettes**, le nom **legs** se prononce donc comme l'article **les**, l'adjectif **laid** et les noms **lai** et **lait**. Mais en raison même de l'homophonie avec de dernier mot, le « **g** » est le plus souvent prononcé.

LÉGUME

Employé au **sens propre**, ce nom est du genre **masculin** : des légumes **verts**.

Employé au **figuré** et **familièrement** dans le sens de **personnage important**, ce nom est du genre **féminin** : **une grosse** légume.

LEQUEL

Pour une raison obscure, les pronoms relatifs **laquelle**, **lesquels** et **lesquelles** ont presque entièrement disparu du langage dans les années quatre-vingt. C'est ainsi que ministres, parlementaires, chefs d'entreprise de nationalité française disent souvent avec désinvolture, sans toutefois abandonner le ton grave et austère qui convient aux « intellectuels ».

« La situation dans ''lequel'' ils se débattent. »

« Une dictature contre ''lequel'' il faut lutter. »

« Les adversaires avec ''lequel'' nous avons dialogué. »

Et, de la bouche même d'un ancien Premier ministre, agrégé de lettres modernes, ces deux perles du plus pur orient :

« Les idées pour ''lequel'' nous nous battons. »

« Une étoile ''auquel'' accrocher ses espoirs. »

Stupéfiante est une telle paresse d'esprit, qui n'est pas le fait d'ex-épaves scolaires, mais de gens « importants », qui devraient à tout le moins avoir la présence d'esprit d'accorder le pronom relatif avec son antécédent prononcé une fraction de seconde plus tôt. Un minimum de réflexion et de respect pour leur auditoire leur permettrait de dire correctement :

La situation dans **laquelle** ils se débattent.

Une dictature contre **laquelle** il faut lutter.

Les adversaires avec **lesquels** nous avons dialogué.

Les idées pour **lesquelles** nous nous battons.

Une étoile à **laquelle** accrocher ses espoirs.

Cet effort serait-il trop exténuant pour un francophone ?

LESTER

N'ayant strictement aucun rapport avec l'adjectif **leste**, qui évoque plutôt la **légèreté**, le verbe **lester**, formé sur le nom **lest** désignant du **poids**, signifie donc **alourdir**. Pour alléger la charge d'un quidam, on peut toujours le **délester** de son escarcelle trop pesante.

LEUR

L'**adjectif possessif « leur »** prend un « **s** » devant un nom au pluriel : **leurs** ancêtres et **leurs** descendants.

Le **pronom personnel « leur »**, pluriel de **lui**, et qui signifie **à eux, à elles**, est **invariable** : ils étaient si peu nombreux que nous **leur** avons facilement résisté.

LEWIS

Ce patronyme anglais ne se prononce pas « lé-ouiss », mais bel et bien « lou-iss », qui se rapproche de notre prénom **Louis**.

LIAISON

Voici quelques principes de base qu'il est recommandé de connaître :

1. **Consonnes additives de liaison.**

Si le verbe terminé par une voyelle précède son sujet **il** ou **elle**, ainsi que son complément **y** ou **en**, on a recours à une **consonne de liaison**, à savoir « **t** » ou « **s** ». D'où :

Il neige et neige-**t**-il ? Elle a vu et a-**t**-elle vu ?

Va ! vas-y ! Mange ! et manges-en !

2. **Changement de son des consonnes finales de liaison.**

a) Comme en allemand, deux sonores finales deviennent sourdes :

— le « **d** », qui se prononce « **t** », comme dans un **grand** homme (« grantom »), il s'en **prend** à moi (« prentamoi »), **quand** il pleut (« kantilpleut ») ;

— le « **g** », qui se prononce « **k** » dans **Bourg**-en-Bresse (Bourkembresse »), un **long** article (« lonkarticle »), un **sang** impur (« sankimpur ») dans le refrain de la *Marseillaise*, ainsi que dans le style oratoire.

b) Inversement, une sourde finale devient **sonore**, à savoir la consonne « **s** », qui se prononce « **z** » : **trois** ans (« troizan »). Cette remarque s'applique au « **x** » : **six** ans (« sizan »).

3. **Consonnes groupées en fin de mot.**

a) Au **singulier**, la liaison se fait sur l'« **r** », même s'il est suivi d'une ou deux consonnes : **ver(t)** ou bleu (« vèroubleu »), **mor(t)** ou vif (« morouvif »), **for(t)** étrange (« forétrange »), **cor(ps)** à corps (« korakor »).

b) Au **pluriel**, ces mêmes mots font la liaison sur « **s** » : **arts** et métiers (« arzémétier »).

4. **Exemples de liaison obligatoire.**

a) Entre l'article et le nom ou l'adjectif : **les** acteurs, **des** images, **un** étrange individu.

b) Entre l'adjectif possessif et le nom ou l'adjectif : **tes** enfants, **son** autre époux.

c) Entre l'adjectif démonstratif et le nom ou l'adjectif : **ces** étonnants insectes.

On notera l'emploi de **cet** devant un masculin commençant par un son vocalique : **cet** écrivain.

d) Entre l'adjectif qualificatif et le nom : un **grand** acteur, un **petit** écureuil, de **beaux** animaux, de **longues** heures (« **h** » dit « muet »).

e) Entre l'adjectif numéral cardinal et le nom ou l'adjectif : **quatre-vingts** acheteurs, deux cent **vingt** orangers, trois **cents** avions.

f) Entre le pronom personnel au pluriel et le verbe : **nous** allons, **vous** irez, **ils** ont.

b) Entre le verbe auxiliaire et le participe passé : elle **est** arrivée, elles **ont** écouté, ils **avaient** aimé.

h) Entre un verbe quelconque et tout autre mot : ils **vont** à Pau, elle **peut** apprendre, nous **avions** une villa, **allez**-y !

i) Entre la préposition et l'article défini, le nom, l'adjectif ou le verbe : **dans** une semaine, **en** une minute, **en** approchant.

j) Entre la conjonction de subordination et le mot qui la suit : **quand** on peut.

k) Entre l'adverbe et l'adjectif ou le verbe : **très** amusant, **trop** étourdi, **beaucoup** étudier.

l) Entre le nom au pluriel et l'adjectif qui le suit : des **joueurs** habiles, des **mains** innocentes.

5. **Exemples de liaison interdite ou déconseillée.**

a) Entre deux groupes de mots dont l'un est complément de l'autre, surtout quand celui-ci est en tête (inversion) : dans le ciel gris / évoluait un avion.

b) Entre un nom au singulier et l'adjectif qui le suit : un étudiant / appliqué, un cachet /énorme.

c) Après la conjonction **et** : vingt et / un ans, vif et / adroit.

d) Devant certains mots comme **oui, onze, onzième** : les / onze joueurs.

e) Devant un « **h** » **d'hiatus** dit « aspiré » (voir plus haut).

f) Entre un infinitif en **-er** et la voyelle qui le suit : aller / à l'école, rester / assis.

g) Quand il peut y avoir confusion par analogie : des États / unis par des intérêts communs, par opposition aux États-Unis d'Amérique.

h) Lorsque plusieurs liaisons de même sonorité sont trop rapprochées, on en supprime une par euphonie : les uns / et les autres, allez / aux eaux !

i) Autre cas : prête-m'en / une ! Vont-ils / arriver ?

j) Après le quantième du mois.

Pas de liaison prononcée « **z** » après un quantième du mois terminé par « **-s** » ou « **-x** » ainsi que « **t** » après **vingt**, car le nombre ne multiplie pas le nom qu'il précède. Dans ces cas, on prononce comme s'ils étaient isolés les nombres **deux** (deu), **trois** (troi), **six** (siss), **dix** (diss) et **vingt** (vin). D'où :

EN FAISANT LA LIAISON	SANS FAIRE LA LIAISON
deux (z) ouvriers	**le deux / août**
trois (z) avocats	**le trois / avril**
six (z) opéras	**le six (siss) octobre**
dix (z) aviateurs	**le dix (diss) avril**
vingt (t) outils	**le vingt / août**

On notera que, devant un nom de mois commençant par une consonne, le quantième du mois prend la prononciation du nombre isolé. D'où :

SANS PRONONCER LA CONSONNE FINALE	EN PRONONÇANT LA CONSONNE FINALE
cinq (cin) francs	**le cinq (cink) février**
six (si) notables	**le six (siss) novembre**
huit (hui) maris	**le huit (huitt) mars**

LIEU

Au pluriel, le nom de ce **poisson de mer** ne prend pas un « **x** », mais un « **s** » : dans ces **lieux** peu fréquentés, on a déjà pêché des **lieus**.

LIFTING

Cette opération de chirurgie esthétique porte en anglais le nom composé de ***face-lift***. L'équivalent français proposé par l'administration française est **lissage**.

LIGNITE

Ce nom est du genre **masculin** : **le** lignite est une roche combustible.

LIMITE (À LA)

Pour des raisons assez obscures, l'expression **à la limite** signifiant « si l'on envisage le cas extrême » connaît en France un grand succès depuis quelques lustres. Exemples : ***à la limite,*** *je préférerais habiter en banlieue ;* ***à la limite,*** *mieux vaudrait être sourd.* On se demande quand cette expression cessera d'exercer son étrange fascination.

LISÉRÉ

Le nom **liséré**, désignant une **bordure**, prend un **double accent aigu**, ce qui exclut la forme « liseré », qui est incorrecte.

LITOTE

C'est une tournure consistant à dire **moins** pour entendre **plus**. Exemple : *Elle est un peu forte* pour : *Elle est très grosse*, ces deux derniers mots n'étant nullement synonymes, d'**un peu** et de **forte**, lequel signifie **vigoureuse** et non « obèse » !

LIVING-ROOM

Dans un contexte français, ce terme anglais peut être avantageusement remplacé par **salle de séjour**. Si nos cousins canadiens disent **vivoir**, ce mot a peu de chances de s'imposer en France, car il semble né du « télescopage » des noms **vivier** et **lavoir**...

LOIN (DE)

De loin signifie **d'une grande distance** : nous t'avons vu venir **de loin**. Ne pas dire qu'un candidat est « de loin » le meilleur, mais **de beaucoup** ou **nettement** le meilleur.

LONGWY

Le nom de cette ville de Meurthe-et-Moselle se prononce « Lon-oui ».

LOCKHEED

Assez bizarrement, il existe en France nombre de gens qui s'imaginent bien à tort que la première syllabe du nom de cette firme américaine s'écrit « Look », rimant avec **Cook**, alors qu'elle s'écrit bel et bien **Lock**, rimant avec **stock**. Il est donc à la fois inexact et absurde de prononcer le nom **Lockheed** comme s'il s'écrivait « Lookheed ».

« L » PRONONCÉ DOUBLE

Il est fréquent que la phrase « Vous l'avez vu », par exemple, soit prononcée « Vous **ll**'avez vu », peut-être sous l'influence d'« Il l'a vu », où deux « **l** » bien distincts sont, comme il se doit, prononcés. Il n'en reste pas moins que la prononciation « Vous **ll**'avez vu » peut être considérée comme un vulgarisme.

LOUER

Une tournure comme « **louer** quelque chose à quelqu'un » est ambivalente dans la mesure où ce verbe signifie aussi bien **donner** que **prendre** en louage. Il est donc recommandé de ne l'employer que lorsque toute équivoque est exclue.

LUNCH DE MARIAGE

Ce repas froid porte en anglais le nom de *wedding breakfast*.

LUNETTE, LUNETTES

Dans le domaine de l'optique, **une lunette** est un **instrument monoculaire** formé de verres grossissants disposés dans un tube : une longue-vue est **une lunette** d'approche.

Le pluriel **lunettes** désigne l'ensemble constitué de **deux verres** et la monture dans laquelle ils sont enchâssés : en été, tu aurais intérêt à porter **des lunettes** de soleil.

LUSTRE

Ce nom masculin, calqué sur le latin *lustrum*, qui désignait un sacrifice expiatoire ayant lieu à Rome tous les **cinq ans**, peut être employé dans le sens de **cinq ans** avec une pointe d'humour : cela fera bientôt **trois lustres** qu'il pose sans succès sa candidature.

LUXATION, LUXURE

On est atteint d'une **luxation** quand un os est **sorti de son articulation** : une **luxation** d'épaule.

La **luxure** est un des sept **péchés capitaux,** opposé à la **chasteté** : les débauchés s'adonnent à la **luxure**.

LUXURIANT, LUXURIEUX

Est **luxuriant** ce qui est **vigoureux**, ce qui pousse en abondance. Le nom correspondant est **luxuriance**.

Dérivé de **luxure**, l'adjectif **luxurieux** qualifie quiconque se livre sans retenue aux **plaisirs de la chair**.

M

MAASTRICHT

En néerlandais, le digramme **ch** se prononce comme celui du nom du compositeur allemand **Bach**, dont le français, faute de mieux, fait un « **k** ». Loin d'être « imprononçable », comme le prétendent certains, le nom **Maastricht** se dit donc en français en juxtaposant les mots **mât** et **strict**, qui sont tout à fait prononçables...

MACHETTE

Le nom espagnol ***machete***, du genre **masculin**, désigne un grand **coutelas**. On se demande qui a eu la bizarre idée de le « franciser » en **machette**, nom **féminin** affecté du suffixe diminutif « **-ette** », à l'image d'une **hachette**, qui ne diffère du précédent que par la consonne initiale. De quelle petite « mache » peut-il donc bien s'agir ?

MADAME

On écrit **Madame** en entier et avec une **majuscule** quand ce mot s'adresse à la **destinataire** : Chère

Madame... Veuillez agréer, **Madame**... et, sur une enveloppe, **Madame** Langlois.

L'abréviation de **Madame** est **Mme** ; elle s'emploie devant le nom d'une **tierce personne** : Veuillez en avertir **Mme Duclos.**

Le pluriel **Mesdames** s'abrège en **Mmes**.

MADEMOISELLE

On écrit **Mademoiselle** en entier et avec une **Majuscule** quand ce mot s'adresse à la **destinataire** : Chère **Mademoiselle...** Veuillez agréer, **Mademoiselle** et... sur une enveloppe, **Mademoiselle** Sanchez.

L'abréviation de **Mademoiselle** est **Mlle** ; elle s'emploie devant le nom d'une **tierce personne** : Avez-vous prévenu **Mlle** Leroux ?

Le pluriel **Mesdemoiselles** s'abrège **Mlles**.

MAGNAT

On ne prononce pas « gnat » comme dans **auvergnat** ou **magnanime**, mais ont dit « **mag-nat** » en dissociant le « **g** » du **n** » comme dans **magnum** : le **magnat** de l'acier a commandé un **magnum** de champagne.

MAINE

1. Ce nom s'emploie au **féminin** pour désigner la **rivière** de France qui se jette dans la Loire au sud-ouest d'Angers : **la Maine**, qui n'a que dix kilomètres de long, est formée par la Mayenne et par la Sarthe grossie du Loir.

2. Ce nom est du genre **masculin** pour désigner :

a) L'ancienne **province** de France qui a formé les

départements de la Sarthe et de la Mayenne.

b) Un **État** situé dans le nord-est des **États-Unis**.

MAIRIE

La prononciation « mairerie » calquée sur **verrerie** est fautive et vulgaire.

MAJUSCULE OU MINUSCULE

On écrit avec une **majuscule** le nom de l'**habitant** d'une ville, d'un département, d'une province, d'un pays, d'un continent : un **Lillois**, une **Varoise**, les **Provençaux**, des **Espagnols**, une **Européenne**.

Inversement, l'**adjectif** et le nom de la **langue** prennent une **minuscule** : les monuments **parisiens**, une prairie **normande**, un écrivain **allemand**, le **chinois** est différent du **japonais**, parle-t-il **portugais** ? On écrit donc : les **Autrichiens** parlent **allemand** ; les **Belges** se divisent en **Flamands** et **Wallons**, lesquels parlent **français** et apprennent à l'école le **néerlandais**.

MALENTENDANT

Depuis quelques lustres, ce néologisme connaît un succès comparable à celui de **non-voyant**, qui a soudain détrôné **aveugle**. Pour des raisons obscures, les sourds n'ont pas droit à l'adjectif « non-entendant » calqué sur **non-voyant**. Ainsi, **malentendant** ne peut qualifier que quiconque est **dur d'oreille** et correspond à **mal-voyant**. Cette différence de traitement entre ce qui concerne la vue et l'ouïe a de quoi surprendre.

MALGRÉ

On ne saurait dire : « **malgré ou à cause de** sa paresse », car la préposition **malgré** n'est pas suivie de la préposition **de**. En la remplaçant par **en dépit de**, on dira donc : **en dépit ou à cause de** sa paresse.

MALGRÉ QUE

Cette locution conjonctive n'étant pas unanimement admise, il est recommandé de la remplacer par **quoique** ou **bien que**.

MALIN

Le **féminin** de l'adjectif **malin** n'est pas « maline », mais **maligne**. Les tumeurs **malignes** s'opposent aux tumeurs **bénignes** (voir **bénin**).

MANIÈRE (DE)

Voir **façon (de)**.

MANUEL

En opposant constamment ce mot à **intellectuel**, infiniment plus prestigieux, on laisse entendre bien à tort que l'activité manuelle exclut celle du cerveau, ce qui, dans l'exercice de nombre de métiers dits « manuels », est une absurdité.

MAPPEMONDE

Pour désigner une **carte plane** généralement formée de deux cercles tangents représentant à gauche l'hémisphère

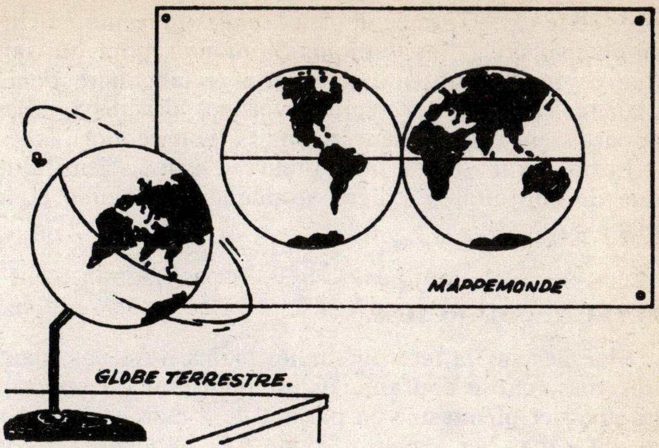

occidental et à droite l'hémisphère oriental, nous avons la chance de posséder en français le nom **mappemonde**. Il a pour origine le latin ***mappa mundi***, qui signifie la **nappe du monde** et désigne, par conséquent, un **objet plat**.

Par une étrange aberration, nombreux sont nos compatriotes qui donnent indûment le nom de **mappemonde** au **globe terrestre**, donc à une **sphère**, privant ainsi le vocabulaire français d'un mot aussi utile qu'« économique ». C'est pourquoi il est nécessaire de combattre cet absurde glissement de sens contre lequel l'Académie française n'a pas manqué de nous mettre en garde.

Cette erreur tenace est d'autant plus inexplicable que le mot **mappemonde** s'étale en gros caractères sur certaines **cartes planes** accrochées aux murs des salles de classe et qu'il suffit de le lire pour savoir sur-le-champ qu'il ne désigne pas un globe. D'autre part, si l'usage des ignorants doit lui imposer ce dernier sens, quel mot de substitution nous proposent-ils pour désigner cette carte formée de deux cercles tangents ? Sera-ce **planisphère** ? Pas le moins du monde, pour qui sait que ce nom représente une **carte rectangulaire** de la planète Terre où les régions voisines des deux pôles apparaissent exagérément agrandies (voir ce mot).

Enfin, ce n'est pas faire preuve d'esprit scientifique que de confondre, à l'ère atomique, le volume et le plan.

MARCHE, MARCHER

Marcher sur la tête ou sur les mains n'est pas, dans nos rues, chose courante. C'est pourquoi on commet un grossier **pléonasme** en parlant de « marche **à pied** » ou de « marcher **à pied** », faute très fréquente de nos jours. D'ailleurs, en athlétisme, les concurrents disputent des épreuves de **marche** sans qu'il soit besoin de préciser qu'ils se servent de leurs pieds.

MARIAGE

Il faut se garder de doubler l'« **r** » sous l'influence de l'anglais ***marriage***.

MAROCAIN, MAROQUIN

Ce qui est **marocain** est relatif au **Maroc**.

Doublet et homophone du précédent, le **maroquin** est une **peau** de chèvre, de mouton, tannée, teintée et souvent grainée.

MARRON

Cet adjectif de couleur est **invariable** : de la peinture **marron**, des yeux **marron**.

MARTYR, MARTYRE

Le nom **martyr**, écrit sans « **e** », désigne **celui qui subit un martyre**, avec un « **e** ». Le féminin d'un **martyr** est une **martyre**... qui a donc enduré un **martyre**.

MAUGHAM

Dans le patronyme de cet écrivain britannique, le groupe « **gha** » est muet. La prononciation correcte est donc assez voisine de celle du français **môme**.

MAXIMAL

L'emploi de **maximum** comme **adjectif** pose toujours des problèmes quand il qualifie un nom au **féminin** ou au **pluriel**. Il est donc recommandé d'employer l'adjectif **maximal**, qui est utile et pratique : la température **maximale**, les rendements **maximaux** (voir **minimal**).

MÉDIOCRE

Étymologiquement associé au latin ***medius*** signifiant **moyen**, l'adjectif **médiocre** qualifie aujourd'hui une production légèrement **inférieure à la moyenne**. Il tombe sous le sens qu'une note scolaire franchement mauvaise de l'ordre de quatre ou cinq sur vingt ne saurait être raisonnablement qualifiée de « médiocre », comme on peut le lire avec surprise sur certains bulletins scolaires.

MÉGAPHONE

Sous l'influence de l'anglais ***megaphone***, emprunté au **grec**, le mot **mégaphone** se substitue de plus en plus à notre **porte-voix** habituel. Est-ce bien nécessaire ?

MEGÈVE

Le premier « **e** » du nom de cette ville de Haute-Savoie se prononce comme celui de **Genève** et non pas comme celui de **mégère**.

MÉMOIRE

Désignant un **écrit**, ce nom est du genre **masculin** : les *Mémoires* de Saint-Simon sont **passionnants**.

MÉRITANT, MÉRITOIRE

L'adjectif **méritoire** ne peut qualifier qu'une **attitude**, une **action**, une **œuvre** : déployer des efforts **méritoires**.

L'adjectif **méritant** s'applique à une **personne** au comportement **méritoire** : une mère de famille des plus **méritantes**.

METZ

La prononciation du nom du chef-lieu de la Moselle est homophone de **mess**. C'est pourquoi ses habitants sont des **Messins**.

MEURTRE

Ce mot s'emploie quand l'auteur du crime a tué volontairement, certes, mais **sans préméditation**. Exemple : *beaucoup de meurtres sont dus à un accès de colère* (voir **assassinat**).

MICHAEL

Quand il s'agit du prénom **allemand**, il est absurde de le prononcer à l'anglaise, soit « Maïk'l ». En **allemand**, la première syllabe de ce prénom se prononce tout simplement « **mi** », comme en français.

MICHÈLE, MICHELLE

Le féminin du prénom **Michel** peut se présenter sous ces deux graphies (voir Danièle, Danielle).

MIGUEL

Un excès de zèle tout à fait déplacé pousse certains à prononcer faussement « Migouel » ce prénom espagnol, alors que dans cette langue comme en français, le digramme « **gu** » précédant un « **e** » se dit tout simplement comme dans le français **gué** et non pas « goué » à l'italienne.

MILE, MILLE

L'adjectif numéral **mille** est **invariable** : deux **mille** francs, quinze **mille** soldats.

Désignant une unité de **longueur**, le nom **mille** peut s'appliquer, selon le contexte, à l'ancien **mille romain** (1 480 mètres), au **mille anglais** ou « statute mile » (1 609 mètres) ou au **mille nautique** (1 852 mètres).

Quand il s'agit du **mille anglais**, qui a cours chez eux, nos cousins québecois n'emploient jamais la forme anglaise ***mile*** dans un contexte français. Quant aux Français, ils n'ont guère à employer cette unité de longueur étrangère, puisqu'il est normal de la convertir en **kilomètres** et de dire non pas « trois milles » (anglais), mais « près de cinq kilomètres[1] ».

Enfin, on peut fort bien parler en France du record mondial du **mille**, car il va de soi qu'il s'agit en la circonstance du **mille anglais** long de 1 609 mètres qui, par approximation, a donné naissance à notre course du quinze cents mètres.

Remarque. Quand nous parlons du **mille nautique** international, il est absurde de l'écrire « mile » et de le prononcer « maïl » à l'anglaise. On dira donc qu'un navire à fait naufrage à une vingtaine de **milles** de nos côtes, en prononçant naturellement ce nom à la française.

MILLIARD, MILLION

Même si elles sont le fait de gens haut placés, il faut rejeter les prononciations négligées que représentent « miyard » rappelant **billard** et « miyon » évoquant **sillon**. Dans ces deux mots, il faut donc faire entendre l'« **l** ».

MINIMAL

L'emploi comme **adjectif** du nom **minimum** est toujours délicat quand il qualifie un nom au **féminin** ou au **pluriel**. Il est donc recommandé d'employer l'adjectif **minimal** : la hauteur **minimale**, les revenus **minimaux** (voir **maximal**).

1. Sauf, naturellement, dans certains épreuves de course à pied non olympiques.

« MINUSCULITE »

Les adultes affectés de cette étrange maladie écrivent sans complexe et sans aucune majuscule que « marie-thérèse boulanger », habitant « saint-étienne », hésite entre la « grèce » et l'« italie » pour ses prochaines vacances. Quelle originalité ! Quelle profondeur ! Quel suprême mépris des mesquines conventions !

Or, peu de gens savent d'où vient, au juste, cette envahissante « minusculite », ce snobisme de faux esthètes. Peut-être seraient-ils surpris d'apprendre que cette mode ridicule est le fruit d'un canular d'adeptes du « dadaïsme » qui, il y a environ trois quarts de siècle, professaient avec humour que tous les mots étaient égaux et que le privilège de la majuscule devait être aboli. Par dérision, ils s'amusaient à imprimer leurs manifestes sur du papier de boucherie ou d'emballage, où les phrases s'entrecroisaient et se chevauchaient en tous sens. Et quand il leur arrivait d'avoir recours à la majuscule, les « dadas » s'en servaient pour glorifier non plus la première, mais la **dernière** lettre du mot, écrivant, par exemple, « franciS picabiA, tristaN tsarA », etc.

Il n'y a donc aucune raison de tomber dans le panneau en imitant ce que Robert Ricard appelle justement « cette farce d'atelier que les snobs, qui sont toujours graves et ne savent pas sourire, ont prise pour argent comptant et qui s'étend au titre générique des émissions de télévision qui se veulent « culturelles ». Ce n'est pas une élégance, mais un héritage de jobarderie compliqué d'une faute d'orthographe. »

MIRAGE

Un mirage étant nécessairement **trompeur**, on évitera le pléonasme que représente un « mirage **décevant** ».

MISANDRE

Manifestant de l'aversion pour l'ensemble du genre humain, le **misanthrope** ne saurait être considéré comme l'antonyme de **misogyne**, qui hait ou méprise les femmes. Quiconque n'aime pas le sexe masculin doit être qualifié de **misandre**.

MITIGER

Ce verbe signifie **adoucir, modérer, atténuer** : vous auriez dû **mitiger** vos critiques.

Le plus souvent, **mitiger** est employé dans un sens voisin de **mélanger**, avec lequel il rime fort bien : des réactions « mitigées » pour **diverses**, un récit « mitigé » pour **varié**.

Ici encore, la langue française est suffisamment riche pour éviter ce faux emploi du verbe **mitiger**.

MODIGLIANI

Dans le nom de ce peintre italien, le « **g** » ne se prononce pas (voir **Badoglio**).

MŒURS

Ce nom est du genre **féminin** : des mœurs **douteuses**.

L'« **s** » du pluriel **mœurs** ne se prononce pas plus que celui de **sœurs**. Ces deux mots riment donc ensemble.

MOI QUI

Après le pronom relatif, le verbe se conjugue à la **première personne du singulier**, d'où : c'est moi qui l'**ai** dit, c'est moi qui **suis** votre successeur, ce qui exclut

« c'est moi qui a, qui est », qui sont de grossières incorrections.

MOLETTE

Étymologiquement, une **molette** est une petite **meule**. Il ne faut donc pas écrire ce mot avec deux « **l** », comme **mollesse**.

MOLSHEIM

Le nom de cette ville du Bas-Rhin se prononce en distinguant le suffixe **-heim** du reste de ce mot, ce qui exclut la fausse prononciation « Molchem ». Cette remarque s'applique aux villes d'**Habsheim** et de **Wittelsheim** (Haut-Rhin), pour ne citer qu'elles.

MONSIEUR

On écrit **Monsieur** en entier et avec une **majuscule** quand ce mot s'adresse au destinataire : Cher **Monsieur...** Veuillez agréer, **Monsieur...** et, sur une enveloppe, **Monsieur** Lebreton.

L'abréviation de **Monsieur** n'est pas « Mr », qui anglais, mais **M.** (une majuscule suivie d'un point) ; elle s'emploie devant le patronyme d'un tiers : Qu'en pense **M.** Legras ?

Le pluriel **Messieurs** s'abrège en **MM.** (deux majuscules suivies d'un point).

MONTAIGNE

Alors que la graphie du nom commun **montagne** l'a emporté, tout comme **Espagne** a succédé à **Espaigne**, le nom de l'écrivain **Montaigne** a conservé l'« **i** » dont la présence explique que sa seconde partie se prononce comme « teigne ».

MONTPELLIER

Aux États-Unis, le nom de la capitale du Vermont s'écrit **Montpelier**, avec un seul « **l** ». Tel n'est pas le cas du nom du chef-lieu du département de l'Hérault, où cette consonne est **double**. Il en résulte que la deuxième syllabe doit se prononcer « **pè** » comme dans le nom **pelle** et le verbe **interpeller** (voir ce mot).

MORTES (LANGUES)

C'est une lapalissade que rappeler que, si les mots français ont encore un sens, une langue **morte** est une langue qui a **cessé de vivre**, comme le **hittite**, l'**étrusque** ou le **cornique**. Or, en évoluant au fil de siècles pour devenir, entre autres, l'**italien**, la langue **latine** n'est absolument pas « morte » au sens propre du terme. Pour ne prendre qu'un exemple parmi des milliers, qui serait assez fou pour prétendre que le nom latin ***amor*** est « mort » dans l'espagnol ***amor***, l'italien ***amore***, le français **amour**, etc. ?

D'ailleurs, nul ne songerait à baptiser stupidement « grec **mort** » le grec **ancien** enseigné dans certaines classes de nos collèges et de nos lycées. Il en résulte que le latin, le vieil-anglais, le vieux-haut-allemand, etc., ne sont pas des langues « mortes », mais **anciennes**, ce qui n'est pas du tout la même chose. Cette distinction fondamentale gagnerait à être connue.

Qu'un adulte d'un certain âge n'ait plus du tout le visage qu'il avait quand il était enfant ne signifie pas qu'il soit « mort » au fil des ans ! Cette image vaut, bien entendu, pour les langues anciennes qui, au cours des siècles, ont elles aussi plus ou moins changé de

« visage ». En considérant comme une « mort » ce qui est, en réalité, une **évolution** bien naturelle, on commet un monumental contresens qui passerait allégrement les bornes du ridicule si l'absurde appellation de grec « mort » se substituait à celle de grec **ancien** (voir **vivantes** [langues]).

MOTOCYCLETTE

On roule, on circule, on voyage, on se déplace **à** motocyclette, car on n'est pas à l'intérieur du véhicule, ce qui exclut « en » motocyclette.

MOUFLE

Contrairement à **souffle**, le nom **moufle** ne prend qu'un « **f** ».

MOULT

Aujourd'hui, il est faux de définir ce mot par « adverbe » pour la bonne raison que plus personne ne dit « cet animal mange **moult** », mais « cet animal mange **beaucoup** ».

Le mot **moult**, qui se prononçait « mou », est parfois employé facétieusement dans le sens de **maint** ou de **beaucoup de**, qui n'est pas un adverbe, mais une **locution adjectivale**. En tant que synonyme de **maint**, l'adjectif **moult** prend normalement les marques du **féminin** et du **pluriel** : **moultes** bonnes choses.

MOURIR

Comme **courir**, et contrairement à **nourrir** et **pourrir**, le verbe **mourir** ne prend qu'un « **r** » après l'« **u** ». Au cours de sa conjugaison, il ne prend deux « **r** » qu'aux temps suivants.

FUTUR SIMPLE DE L'INDICATIF	PRÉSENT DU CONDITIONNEL [1]
je mourrai **tu mourras** **il mourra** **nous mourrons** **vous mourrez** **ils mourront**	**je mourrais** **tu mourrais** **il mourrait** **nous mourrions** **vous mourriez** **ils mourraient**

MOYEN-ORIENT

L'Académie française a rappelé que ce calque servile de l'anglais **Middle East** est impropre pour désigner les pays riverains ou voisins de la partie orientale de la Méditerranée. C'est le terme **Proche-Orient** qu'il convient d'employer. On dit également le **Levant**.

MUFLE

Comme le nom **moufle** et contrairement à **buffle**, un **mufle** ne prend qu'un « **f** » : le **mufle** du **buffle**.

MUSTER

La première syllabe du patronyme allemand de ce champion autrichien de tennis se prononce comme le français **mousse**. Est-il bien normal que des commenta-

1. En enlevant un « **r** », on obtient **l'imparfait de l'indicatif** : je **mourais** (de faim), tu **mourais** (de peur), etc.

teurs l'anglicisent en « meuster » contenant indûment le mot anglais ***must*** ?

MYRTILLE

Se prononçant « myrtile », ce nom ne rime pas avec **pastille,** mais avec **utile**. Ce fait est confirmé par l'ancienne graphie **myrtil,** rimant de toute évidence avec **subtil**.

N

NACRE

Ce nom est du genre féminin : **la** nacre est **utilisée** en tabletterie.

NAGUÈRE

Comme son nom l'indique, l'adverbe **naguère** signifie « il n'y a **guère** », soit : il y a **peu de temps**, à une époque relativement récente. **Naguère** n'est pas le synonyme de **jadis**, qui vient du vieux français « ja a dis », signifiant **il y a des jours** et, par extension : il y a **longtemps**, à une époque ancienne. On dira donc : **Naguère**, très peu de gens voyagaient par avion. **Jadis**, les Huns déferlèrent sur l'Europe.

NATIONAL-SOCIALISME

Dans l'original allemand *Nationalsozialismus*, le premier élément joue le rôle d'**adjectif épithète** qualifiant le second. Il en résulte que la seule traduction française vraiment logique n'est autre que **socialisme national**.

NAVAL

Cet adjectif prend un « **s** » au pluriel ; d'où : des combats **navals**. Cette remarque s'applique aux noms **carnaval, festival** et **narval**.

NÉGATIVE (FORME)

En raison d'un prodigieux laisser-aller, des gens occupant de hautes fonctions et censés avoir fait des études supérieures sont de plus en plus nombreux à ignorer, tant à la radio qu'à la télévision, l'existence de l'adverbe négatif **ne** et à dire de façon négligée : « j'connais pas, y veut rien, vous vouliez pas, y pourront jamais ».

Il est des circonstances où le style familier ou « débraillé » n'est pas de mise et où la bienséance impose de dire en bon français : je **ne** connais pas, il **ne** veut rien, vous **ne** vouliez pas, ils **ne** pourront jamais.

« NÉO-FRANÇAIS »

Il s'agit en quelque sorte d'une forme de plus en plus envahissante de charabia ou, à tout le moins, de langage « débraillé », qui ne se cantonne pas, hélas, aux milieux dits populaires et pose dans bien des cas une énigme aux étrangers ayant appris le français dans leur pays. En voici quelques exemples pris sur le vif (voir tableau page suivante).

NE... PAS QUE

Une tournure telle que : « On **ne** vit **pas que** de pain » étant contestée, mieux vaut remplacer **que** par **seulement** et dire : « On **ne** vit **pas seulement** de pain ».

« NÉO-FRANÇAIS »	« TRADUCTION »
Y viendra jamais.	**Il ne viendra jamais.**
J'y ai pas dit.	**Je ne le lui ai pas dit.**
Nous, on voit rien.	**Nous ne voyons rien.**
J'peux pu.	**Je ne peux plus.**
T'as compris ?	**As-tu compris ?**
Pourquoi il a fait ça ?	**Pourquoi a-t-il fait ça ?**
T'iras au docteur ?	**Iras-tu chez le médecin ?**
Qui c'est qui l'a vu ?	**Qui l'a vu ?**
Qui c'est qu'il a vu* ?	**Qui a-t-il vu ?**
Comment y font ?	**Comment font-ils ?**
Ton nom c'est comment ?	**Quel est ton nom ?**
C'est pas là où j'habite.	**Ce n'est pas là que j'habite.**
Faut mieux se taire.	**Il vaut mieux se taire.**
Passque j'veux pas.	**Parce que je ne veux pas.**
Y a plein de nominés.	**Il y a beaucoup de sélectionnés.**
C'est ce que t'as besoin.	**C'est ce dont tu as besoin.**
C'est moi qu'a dit ça.	**C'est moi qui ai dit ça.**
On s'en rappelle pas.	**Nous ne nous en souvenons pas.**
Ils débutent le match.	**Ils entament le match.**
Un espèce de chat.	**Une espèce de chat.**
Ici, on rentre pas.	**Ici, on n'entre pas.**
Des avantages pécuniers.	**Des avantages pécuniaires.**
Des villes dans lequel...	**Des villes dans lesquelles...**
C'est super, génial.	**C'est superbe, merveilleux.**
C'est nul, débile.	**Ça ne vaut rien.**
C'est pas évident.	**Ce n'est pas facile.**

* Source de confusion due à la parfaite homophonie avec la formule précédente.

NE... QUE

Cette locution adverbiale dont les deux éléments sont dissociés remplace avantageusement l'adverbe **seulement**. « Je **ne** vois **que** deux maisons » a donc le même sens que « je vois **seulement** deux maisons ». L'économie de syllabes est appréciable quand **ne** et **que** s'élident devant des voyelles : « Il **n**'a **qu**'un costume » est plus court et plus léger que : « Il a **seulement** un costume ».

Il va de soi qu'on ne saurait accepter un pléonasme tel que : « Il n'a écrit **que** trois lettres **seulement** », ce dernier mot étant superflu.

N'EST-CE PAS ?

Ne pas oublier, dans l'ordre, l'**apostrophe**, le **trait d'union** et le **point d'interrogation** de cette tournure.

NIGÉRIAN, NIGÉRIEN

Un **Nigérian** est un habitant du **Nigeria**, pays africain de langue anglaise, dont la capitale est Lagos.

Un **Nigérien** est un habitant du **Niger**, pays francophone frontalier du précédent et dont la capitale est Niamey.

NIVEAU (AU)

Il ne se passe pas une journée sans que des gens de la variété dite « intellectuelle » nous gratifient d'expressions telles que : « **au niveau** de l'agriculture, **au niveau** des résultats scolaires », etc. Il semble que dans tous les cas où cette tournure est employée, on pourrait la remplacer par : **en ce qui concerne, pour ce qui est de...**

Quant à cet employé qui arriva en retard à son lieu de travail pour avoir eu « des **problèmes au niveau** de son vélomoteur » (!), il lui suffisait de dire qu'il avait eu des **ennuis** de vélomoteur. Mais pourquoi eût-il fait simple quand il pouvait faire compliqué ?...

NOMINÉ

Participant en 1980 à l'attribution des « César » devant un public français, l'actrice autrichienne Romy Schneider, ne trouvant pas le mot français désignant les **sélectionnés**, crut bien faire en francisant le nom anglais ***nominee*** sous la forme de **nominé**, erreur dont on ne saurait la blâmer. Mais beaucoup moins excusables sont les snobs et autres beaux esprits de nationalité française qui ont cru intelligent d'employer cet indéfendable **nominé** alors que **sélectionné** (ou **présélectionné**) ferait bien mieux l'affaire.

S'il existe en français un verbe **dominer** qui a donné naissance au nom **domination**, il se trouve que le nom **nomination** ne remonte nullement à un verbe « **nominer** », mais qu'il est apparenté à **nommer**. C'est pourquoi cet absurde **nominé** a été à juste titre refusé par l'Académie française, qui n'a pas pour mission de naturaliser français tout barbarisme fabriqué de bonne foi par un étranger.

NOMS COMMUNS

Opposés aux noms propres, ceux qui sont qualifiés de **communs** s'écrivent avec une **minuscule**. Or, dans cette vaste catégorie, on fait entrer pêle-mêle non seulement des **noms**, mais aussi des **adjectifs**, des

adverbes, etc., qui, précisément, ne sont pas des « noms » ! Pour éviter toute équivoque, ne serait-il pas plus logique et plus fonctionnel de parler ici de **mots communs** ?

NOMS PROPRES

Pour une raison obscure, le bruit court un peu partout que « les noms propres n'ont pas d'ortographe ». Prise au pied de la lettre, cette absurdité permettrait sans doute de déformer en « Inno » le patronyme du champion cycliste Bernard **Hinault** ou encore en « phranse » le nom de notre pays. Bizarre...

La vérité est tout autre : quand on entend un nom de personne, son orthographe n'est pas toujours chose évidente : **Lefèvre** ou **Lefebvre**, **Renaud** ou **Renault**, **Leduc** ou **Leducq** ? C'est pourquoi la graphie de maints patronymes exige une grande attention, ainsi, d'ailleurs, que celle de nombre de noms dits « communs » présentant quelque difficulté.

NONANTE

Ce mot commode est employé en Belgique, en Suisse et dans certaines régions de France voisines de la Suisse à la place de **quatre-vingt-dix**. On reconnaîtra sans peine que, avec seulement deux mots, **nonante-huit** est nettement plus « économique » que **quatre-vingt-dix-huit**.

NON-VOYANT

Ce mot tend de plus en plus à se substituer à **aveugle** alors que personne n'a encore songé à remplacer **sourd** par « non-entendant ». Quant à la **cécité**, elle ne s'est pas encore transformée en « non-voyance ». Tout cela est-il bien logique ?

NOTABLE, NOTOIRE

L'adjectif **notable** signifie : **digne d'être noté, important, remarquable**.

L'adjectif **notoire** a pour sens : **connu** d'un très grand nombre de gens, **public, célèbre**.

NOURRIR

Contrairement à **courir** et **mourir**, le verbe **nourrir** prend deux « **r** » après l'« **u** » (voir **pourrir**).

NOUS

Quand le pronom personnel **vous** s'adresse à **une seule** personne (forme de **politesse**), les adjectifs ou participes passés qui s'y rapportent se mettent **singulier**. D'où : Jeune homme, vous êtres trop **insolent** ! Madame, vous serez **satisfaite**.

C'est très logiquement que cette règle d'accord s'applique au pronom personnel **nous** employé pour **je**, l'auteur parlant en son nom personnel (pluriel dit « de majesté » ou « de modestie »). D'où : Nous avons été **fasciné** par ce spectacle. Quand c'est une femme qui s'exprime : Nous sommes **déçue** par la mise en scène.

NOUVEAU (À, DE)

À nouveau signifie **de façon totalement différente, en repartant de zéro**. Présenter **à nouveau** un projet revient à présenter un projet **entièrement nouveau** et non pas une seconde fois le même projet. L'adverbe anglais correspondant est ***anew***.

De nouveau signifie une nouvelle fois. Il en résulte que **répéter** n'est pas dire « à nouveau », mais **de nouveau**, même si la première formule est assez généralement employée par erreur. L'adverbe anglais correspondant est ***again***.

NUL

Depuis plusieurs années, ce petit mot d'une syllabe connaît un éblouissant succès, car il est abusivement employé par des millions de jeunes et de moins jeunes pour qualifier tout ce qui n'a pas l'heur de leur plaire : Beethoven, c'est **nul** ! (Voir **débile.)**

NUMÉRATION, NUMÉRISATION, NUMÉROTATION

1. La **numération** est l'art d'**énoncer** et d'**écrire** les nombres.

2. La **numérisation** est l'action d'exprimer sous forme **numérique** en informatique.

3. La **numérotation** est un synonyme récent de **numérotage** désignant l'action de **numéroter,** de marquer d'un numéro.

NÜRBURGRING

Il est absurde de donner à ce nom allemand une prononciation vaguement anglaise, à savoir « Neurbeur-ring », car « **ü** » équivaut à un « **u** » français et « **u** » à notre « **ou** ».

O

OASIS

Ce nom est du genre **féminin** : **une** oasis **saharienne**.
Oasis rime avec **myosotis**, car la consonne finale est prononcée comme dans tous les mots en « **-is** » d'origine **grecque**.

OBÉIR

On n'obéit pas quelqu'un, mais **à** quelqu'un, car le verbe obéir est transitif **indirect**. Mais cela n'empêche pas de l'employer au sens **passif** en accordant le participe passé avec le sujet du verbe auxiliaire. D'où : elle n'a pas été **obéie** ; nos ordres auraient dû être **obéis**. Cette règle s'applique au verbe **désobéir**.

OCCUPER

Ce verbe s'écrit avec deux « **c** » et un seul « **p** ». Cette remarque s'applique à ses dérivés : une armée d'**occupation**.

OCCURRENCE

Il convient de ne pas omettre les deux « **c** » et les deux « **r** », ces derniers se retrouvant d'ailleurs dans **concurrence**.

Œ

Puisque ce digramme se prononce bel et bien « **é** » dans **fœtus**, ce son se retrouve normalement dans la première syllabe des mots **œcuménisme**, **œdème**, **Œdipe**, **œnilisme**, **œnologie**, **œsophage**, etc. Il ne faut pas prononcer « eucuménisme », « eudème », « Eudipe », etc.

ŒIL

Si le pluriel de ce nom est **yeux**, on parle toutefois d'**œils** de voiles, de marteaux, de caractères d'imprimerie, ainsi que d'**œils**-de-bœuf (lucarnes), d'**œils**-de-perdrix (cors), d'**œils**-de-pie (trous dans des voiles), d'**œils**-de-chat ou **œils**-de-tigre (pierres fines).

Remarque. S'agissant **au sens propre** de l'organe de la vue, on écrira sans trait d'union : des **yeux** de bœuf, de perdrix, de pie, de chat et de tigre.

ŒUF

L'« **f** » étant muet au pluriel, le mot **œufs** se prononce comme le pronom personnel **eux**.

ŒUVRE D'ART, OUVRAGE D'ART

Si un tableau, une statue, etc., peuvent être désignés sous l'appellation d'**œuvres d'art**, un viaduc, un pont suspendu, etc., sont des **ouvrages d'art** (voir **art**).

ŒUVRER

De nos jours, ce verbe connaît la faveur de beaux esprits, qui le préfèrent pour des raisons obscures à **travailler**, **contribuer**, par exemple.

OFFICE

Ce nom est du genre **masculin**, sauf quand il désigne une pièce généralement attenant à une **cuisine** : **une** office assez spacieuse.

OIGNON

La première syllabe se prononce « **o** », comme dans **rognon**.

OISEUX, OISIF

Oiseux signifie **inutile** ; **oisif** est synonyme de **désœuvré**.

OISILLON, OISON

Un **oisillon** est un jeune **oiseau** ; l'**oison** est le petit de l'**oie**.

ON

Dans le langage familier, le pronom indéfini **on** a, de fait, remplacé le pronom personnel sujet **nous**, qu'un étranger n'entend qu'exceptionnellement quand il séjourne en France. Il n'en reste pas moins que cet emploi abusif est à déconseiller, surtout dans des phrases telles que : « **On** a abîmé notre voiture », où l'on se demande qui, au juste, est responsable des dégâts.

Il ne faut pas oublier d'écrire la négation **ne** élidée en « **n'** » devant un verbe commençant par une voyelle même s'il a pour sujet le pronom indéfini **on**. On écrira donc : **on n**'a jamais vu cela ; **on n**'avait rien entendu ; **on n**'est pas plus aimable.

Tout en sachant fort bien que le pronom **on** est du singulier, des gens se demandent s'ils doivent mettre l'adjectif au pluriel dans une phrase telle que : On était trop **fatigué(s)** ». Il va de soi que le **singulier fatigué** s'impose si le pronom **on** désigne normalement **autrui**. Mais s'il est employé abusivement pour **nous** et s'agissant de la forme **écrite**, on optera très logiquement pour la formule : « **Nous** étions très **fatigués** », dans laquelle l'adjectif porte tout naturellement la marque du **pluriel**. Quant à la tournure redondante et si fréquente : « **Nous, on** est **fatigué(s)** », il va de soi que le problème sera vite résolu en supprimant par écrit le second pronom tout à fait inutile en l'occurrence.

OPPORTUNITÉ

Sous l'influence de l'anglais ***opportunity*** rendu littéralement par des traducteurs nonchalants, le nom **opportunité**, si « majestueux » avec ses cinq syllabes, est en train de détrôner son équivalent **occasion**.

En français, mieux vaut limiter l'emploi d'**opportunité** à son véritable sens désignant tout naturellement ce qui est **opportun**. Exemple : *On peut à juste titre s'interroger sur l'**opportunité** d'une telle démarche dans les circonstances actuelles.*

OPPRESSER, OPPRIMER

Jadis synonyme d'**opprimer**, le verbe **oppresser** signifie aujourd'hui **gêner**, **tourmenter**, **fatiguer** physiquement ou moralement : l'asthme **oppresse** la poitrine.

Le verbe **opprimer** a le sens d'**accabler** par violence, par abus d'autorité : maints peuples furent **opprimés** par leurs conquérants.

OPPROBRE

Sous l'influence de l'adjectif **probe**, trop de gens disent et écrivent « opprobe » au lieu d'**opprobre**, nom masculin qui signifie **honte**, **humiliation**.

ORTHOGRAPHE

Ce nom s'écrit avec deux « **h** ». Comme **épigraphe**, il est du genre **féminin** : **une** orthographe **savante**.

ORTHOPÉDIE

Contrairement à **pédicure**, d'origine **latine**, le nom **orthopédie**, formé des mots grecs ***orthos*** (droit) et ***pais, paidos*** (enfant), ne concerne pas seulement le **pied**... comme le montrent clairement les **corsets** orthopédiques. L'**orthopédie** traite toutes les affections du squelette, des muscles et des tendons, particulièrement chez l'enfant.

OS

Ce nom se prononce « **oss** » au singulier et « **ô** » au pluriel. Sont donc homophones des **os** et des **eaux**.

OSCILLER

Ce verbe se prononce « osciler ». C'est pourquoi (il) **oscille** rime avec **mille** et (il) **distille**, et non pas avec **bille** et (il) **vacille**.

OU, OÙ

La lettre « **u** » prend un accent grave quand il ne s'agit pas de la conjonction de **coordination**. On distinguera donc : « la ville **ou** la campagne » de « la ville **où** il travaille ».

On ne dit pas : « C'est ici **où** Gaston travaille ; c'est là **où** Berthe veut vivre ; c'est à Caen **où** nous voulons nous installer », trois façons de s'exprimer qui constituent autant de redondances. Dans des cas de ce genre, on remplacera **où** par **que** en disant : « C'est ici **que** Gaston travaille ; c'est là **que** Berthe veut vivre ; c'est à Caen **que** nous voulons nous installer ». Bien entendu, il est correct de dire : « C'est **à** Lyon, **où** je travaille, que j'ai trouvé un logement ».

OUATE

L'usage admet qu'on dise **l'ouate** ou **la ouate**, avec ou sans élision de l'article défini. Devant ce nom, la préposition **de** est presque toujours élidée : un peu **d'ouate**, un paquet **d'ouate**.

OURS

En prononçant paresseusement « **ourse** blanc » et « **ourse** brun » avec un « **e** » parasite servant de tampon entre deux couples de consonnes, on modifie sans même s'en rendre compte le sexe de ce noble plantigrade, dont l'adjectif qui le qualifie n'en reste pas moins paradoxalement du genre masculin... Est-ce bien approprié ? On prononcera donc : un **ours** / blanc, un **ours** / brun.

OUVRAGE

Ce nom est du genre **masculin** : **un bel** ouvrage, de **nombreux** ouvrages.

L'emploi du nom **ouvrage** au **féminin** appartient au langage **familier** ou **facétieux** : c'est de **la belle** ouvrage, tu peux le dire !

OVERDOSE

En français, mieux vaut faire appel à un préfixe français et parler normalement de **surdose**.

OYONNAX

Dans le nom de cette ville de l'Ain, la consonne finale est aussi **muette** que dans celui de **Chamonix. Oyonnax** rime donc avec **zona**.

P

PAIR, PAIRE

Il faut savoir écrire correctement « les deux vont de **pair** » opposé à « les deux font **la paire** ».

PALIER

Le nom **palier** ne prend qu'un « **l** » et le verbe **pallier** (voir plus loin) en prend **deux**.

PALINDROME

C'est un mot ou un groupe de mots se lisant de la même façon de droite à gauche que de gauche à droite. Exemples de mots : **Laval, Noyon, ressasser,** lequel est le mot palindromique le plus long de la langue française. Exemples de phrases : **Ésope reste ici et se repose** ; **Éric, notre valet, alla te laver ton ciré.**

PALLIER

Le verbe **pallier** qui, étymologiquement, signifie « recouvrir d'un **manteau** », n'a pas le sens de **guérir**, de **remédier** à titre définitif. Cette distinction est d'ailleurs confirmée par le caractère purement provisoire d'un **palliatif** : cette nouvelle série de mesures sociales n'est guère qu'un **palliatif**.

Comme le rappelle l'Académie française, le verbe **pallier** ne doit pas être suivi de la préposition **à** : il est urgent de pallier cette insuffisance criante.

PAMPLEMOUSSE

Le nom de ce fruit exotique est du genre **masculin** : **un** pamplemousse encore trop **vert**.

PANACÉE

Une panacée étant un remède à **tout mal**, on commet un bien fâcheux pléonasme en parlant d'un ton docte d'une « panacée **universelle** ».

PANIER

Contrairement à **vannier**, le nom **panier** ne prend qu'un « **n** » : le **vannier** fait des **paniers** d'osier.

PANTOMIME

La forme « pantomine » est un **barbarisme**, qui ignore le nom **mime**, second élément de **pantomime**.

PANTOUFLE

Contrairement à un **souffle**, ce nom ne prend qu'un « **f** ».

PARCE QUE

La prononciation en deux syllabes « passque », de plus en plus répandue, est aussi négligée que vulgaire.

PAR CONTRE

L'emploi de cette locution, qui appartient d'abord au style **commercial**, n'est pas unanimement apprécié. Toutes les fois que c'est possible, il est donc recommandé de la remplacer par : **mais, en revanche, inversement, au contraire, d'un autre côté**. Ici encore, le choix ne manque pas.

PARFAIT

La **perfection** impliquant que le **summum** a été atteint, il ne faut dire ni « **le plus** parfait de tous », ni « **plus** parfait que... ».

PARKING

L'endroit où l'on peut garder des véhicules s'appelle ***car-park*** en Grande-Bretagne et ***parking-lot*** aux États-Unis. Il en résulte que l'inscription **parking** qui a cours dans notre pays est de l'anglais « *made in France* », qui pourrait être avantageusement remplacé par **stationnement**, terme bien français employé par nos cousins québécois.

PARMI

Contrairement à **hormis** et à **permis**, la préposition **parmi** ne prend pas d'« **s** » : revenez bien vite **parmi** nous !

PARONYME, PATRONYME

Un **paronyme** est un mot qui ressemble tellement à un autre qu'une confusion n'est pas chose rare. Tel est le cas, entre autres, des noms **percepteur** et **précepteur**.

Le **patronyme** est le **nom de famille** transmis par le **père** : le patronyme d'Anatole France était **Thibault**.

PARTICIPE PASSÉ

Il ne s'agit ici que de la **règle fondamentale** concernant l'**accord** du participe passé des verbes transitifs directs conjugués avec l'auxiliaire **avoir**.

1. **Invariabilité** du participe passé quand il précède le nom auquel il se rapporte :

a) Je lui ai **offert** une cravate.
b) Vous aviez **commis** trop d'erreurs.
c) Elle n'avait pas **mis** sa robe neuve.
d) Avez-vous **lu** ces magazines ?
e) Tu avais **ouvert** cette fenêtre.
f) On nous a **vendu** des cigarettes.

2. **Accord** du participe passé avec le nom (ou le pronom) auquel il se rapporte quand celui-ci le précède :

a) La cravate que je lui ai **offerte**.
b) Les erreurs que vous aviez **commises**.
c) La robe neuve qu'elle n'avait pas **mise**.
d) Les magazines que vous avez **lus**.
e) La fenêtre que tu avais **ouverte**.
f) Les cigarettes qu'on nous a **vendues**.

On accorde donc le participe passé en genre et en

nombre si, au moment de le prononcer ou de l'écrire, on a déjà mentionné le nom (ou le pronom) auquel il se rapporte, règle d'une grande simplicité qui n'est que trop souvent bafouée.

PARTICIPER

Participer à signifie **avoir part à, coopérer à, s'associer à**. Exemples : *Participer aux gains ; avoir participé à la ruine d'une entreprise ; participer à la douleur d'une veuve éplorée.*

Participer **de** signifie **tenir de**. Exemple : *l'humour noir participe à la fois du comique et du tragique.*

PARTIR

On ne part pas « à », mais **pour** Toulon, **pour** la province, **pour** la montagne, **pour** la Grèce, etc., car ces quatre noms indiquent le terme du voyage (cf. l'anglais *to leave for*).

Inversement, on part **en** voyage, **en** vacances, **en** guerre, **en** campagne, etc.

PARTISAN

Le féminin « partisante » est d'autant plus un **barbarisme** que le masculin **partisan**, tout comme **artisan**, ne prend pas le « **t** » final que l'on rencontre dans **médisant** et **suffisant**.

Il faut dire **partisane** quand ce mot est employé comme **adjectif** épithète : la fureur **partisane**.

Mais, dans la langue moderne, le nom **partisan** ne s'emploie qu'au **masculin**, tout comme **médecin** et **professeur** : cette vieille dame fut **un** partisan résolu du vote des femmes bien avant 1945.

PARTITION

L'Académie française a rappelé que, en parlant d'un pays, d'un territoire, le nom **partition** est un doublet inutile de **partage**.

Peu de gens savent que, en ancien français, le verbe **partir** avait plusieurs sens distincts, dont celui de **partager**, lequel a survécu dans l'expression « avoir maille à **partir** », qui signifiait littéralement : avoir à **partager** une petite pièce de cuivre appelée maille [1]. C'est ainsi que le nom **partition** eut, dès le XIIe siècle, le sens de **partage**, qu'il perdit au XVIIIe siècle, puisque le verbe **partir** ne signifiait plus **partager**. C'est pourquoi nul ne songerait, de nos jours, à parler de la « partition » de la galette des rois.

Normalement, le nom **partition** n'est utilisé en français que dans les domaines de la **musique**, des **mathématiques** et de l'**héraldique** quand il s'agit de la **division** du corps d'un blason appelé écu. C'est pourquoi on ne parle jamais de la « partition » du vaste empire de Charlemagne, ni des nombreuses « partitions » de la Pologne.

Inversement, les anglophones emploient toujours le mot *partition* dans le sens de **partage** et dans celui de **cloison**, ce qui n'a rien de bien surprenant si l'on considère que, depuis une dizaine de siècles, leur langue a été envahie de mots français par milliers. Ils disent donc *the partition of India*.

Dès 1921, à l'occasion du découpage de l'Irlande, et surtout, en 1947, lors du démembrement de l'empire des Indes, des journaux français crurent bien faire en parlant de la « partition » de ces deux pays, sans chercher à traduire ce terme anglais par un mot français plus familier. De la même façon, en 1938, nos journaux

1. Ce mot **maille**, doublet de **médaille**, se retrouve dans la **cachemaille** des Marseillais, qui est une **tirelire**.

parlaient plus volontiers de l'*Anschluss* que de l'**annexion** de l'Autriche par les Allemands.

Par conséquent, le mot **partition** est, dans cette acception particulière, du « franglais » pur et simple, en dépit de son aspect bien français. Quoi qu'il en soit, il n'enrichit aucunement la langue française, qui possède déjà les mots **partage, division, découpage** et **démembrement**. À ces quatre noms est-il bien nécessaire et raisonnable d'en ajouter un cinquième qui, bien que l'origine française, n'en est pas moins, en l'occurrence, d'importation ?

PARUTION

Le nom **parution**, formé sur le participe passé **paru**, à l'image de **comparution**, est loin de faire l'unanimité. Il est toujours possible, pour éviter d'éventuelles critiques, de le remplacer par **sortie, publication** ou **mise en vente**.

PASSAGER, PASSANT

Si un engouement est **passager**, une rue très fréquentée n'est pas « passagère », mais **passante**.

« PASSE COMPOSÉ » ET PLUS-QUE-PARFAIT

N'étant pas simples, ces deux temps sont aussi « composés » l'un que l'autre. Par opposition au second, le premier, que les anglophones appellent *present perfect*, devrait logiquement porter en français l'appellation de **parfait**, car il exprime une action entièrement accomplie au moment où l'on parle. De surcroît, il équivaut à un **présent** dans les cas suivants : **j'ai** compris, **tu as** tout dépensé, **il a** mangé, **nous avons** bu, **vous avez** appris, **elles ont** gagné, que l'on peut remplacer par autant de phrases au **présent de l'indicatif**, soit : **je suis** au courant, **tes poches sont** vides, **il** n'**a** plus faim, **nous** n'**avons** plus soif, **vous connaissez, elles sont** victorieuses.

Cela dit, ce même « passé composé » remplace de plus en plus souvent le « passé simple » ou **passé défini**, généralement ignoré de la langue parlée. C'est ainsi que **je courus, tu arrivas, il dîna, nous jouâmes, vous allâtes, elles partirent** sont régulièrement détrônés par : **j'ai couru, tu es arrivé, il a dîné, nous avons joué, vous êtes allés, elles sont parties...** qui alourdissent la phrase d'un mot supplémentaire, alors même que l'équivalent du **passé défini** (entre autres, le **prétérit** anglais et allemand) est bien vivant dans nombre de langues étrangères.

« PASSÉ SIMPLE » ET IMPARFAIT

N'étant pas composés, ces deux temps du passé sont aussi « simples » l'un que l'autre. L'appellation de « passé simple » étant des plus équivoques, il serait grand temps que nos savants grammairiens reviennent à celle de **passé défini**, qui le distingue clairement de l'**imparfait**.

La terminaison « **-ai** » des verbes du premier groupe conjugués à la première personne du singulier du passé « simple » de l'indicatif se prononce comme un « **é** » fermé. Ainsi, je **jouai**, je **cognai**, je **sifflai** se prononcent respectivement comme **joué** et **jouez**, **cogné** et **cognez**, **sifflé** et **sifflez**, sans oublier l'infinitif : **jouer, cogner** et **siffler**.

Les terminaisons « **-ais** », « **-ait** » et « **-aient** » de l'**imparfait** de l'indicatif se prononcent comme un « **è** » ouvert. Je **jouais**, tu **tirais**, elle **sifflait** et ils **filaient** se prononcent donc respectivement comme les noms **jouet, tiret, sifflet** et **filet**.

PATIO

Dans ce nom emprunté à l'espagnol et qui désigne une **cour intérieure**, le « **t** » ne se prononce pas « **ss** » comme celui de **nation**, mais bel et bien « **t** » comme dans **patin**.

PAUSE, POSE

Une **pause** est un bref **repos** tandis qu'une **pose** est entre autres, l'attitude d'un modèle qui **pose**. Il va de soi que, en cas de fatigue, le modèle qui **pose** peut avoir droit à un temps de **pause**...

PÉCHEUR, PÊCHEUR

Le nom **pécheur**, écrit avec un **accent aigu**, est dérivé du verbe **pécher**, signifiant commettre un **péché**.

Le nom **pêcheur**, écrit avec un **accent circonflexe**, est dérivé du verbe **pêcher**, signifiant prendre ou essayer de prendre du **poisson**.

PÉCUNIAIRE

Au **masculin**, la forme correcte est **pécuniaire**, rimant avec **fiduciaire** et **judiciaire**. Il s'ensuit que la forme « pécunier », hélas trop répandue de nos jours, constitue un **barbarisme**.

PÉDAGOGIE

C'est là le type même du mot « majestueux » de quatre syllabes dont les beaux esprits généralement austères usent et abusent trop souvent en le détournant de son véritable sens. Aurait-on on oublié que le nom **pédagogie**, d'origine **grecque**, concerne avant tout l'**enfance** sans se limiter au seul domaine scolaire ? La **pédagogie** est, en réalité, l'art de se mettre à la portée de l'enfant en employant un langage et un comportement adaptés à son âge, ce qui exige de l'adulte du simple bon sens dans la mesure où il n'a pas déjà oublié qu'il a été lui-même un enfant.

Par un curieux détournement de sens, d'aucuns qualifient de « pédagogiques » les programmes scolaires ainsi que les conseils de prudence et de sobriété dispensés aux **adultes** que sont les automobilistes, sans oublier des campagnes politiques destinées aux électeurs, également **adultes** ! Quant aux « inscriptions **pédagogiques** » imposées aux futurs étudiants, on se demande bien en quoi une inscription peut être « pédagogique »...

Les savants utilisateurs du mot **pédagogie** auraient intérêt à savoir que la science ayant pour objet l'enseignement donné à des mineurs ou à des adultes porte le nom de **didactique** — terme dont le radical se retrouve dans le mot **autodidacte** —, que la **pédagogie** proprement dite permet de mettre à la portée d'un jeune auditoire par l'emploi d'un langage et de procédés correspondant à son âge. Serait-ce là un exploit si remarquable qu'il exige des enseignants la participation à des stages dits « pédagogiques » aussi interminables que soporifiques ? La question reste posée.

Enfin, pour respecter le sens étymologique de ce terme si impressionnant, la **pédagogie** paradoxalement appliquée à des adultes laisse entendre qu'ils devraient être restés jeunes au point de se faire soigner par un **pédiatre**... C'est la logique même.

Pour bien se convaincre des élucubrations et du délire verbal auxquels peut donner lieu l'abus du mot **pédagogie**, rien ne vaut la lecture du texte ci-dessous relatif à une conférence de psycho-**pédagogie** aussi limpide que brillante en date du 15 novembre 1982. Ce pur chef-d'œuvre, qui prétend présenter à ses auditeurs la méthode la plus appropriée pour faire face aux besoins de l'élève baptisé en la circonstance « apprenant » (!), s'intitule modestement « Conditions pour construire un apprentissage de traitement des sujets ». Les heureux bénéficiaires de cette prose étaient des professeurs certifiés stagiaires du Centre pédagogique régional de Lyon. Ces impérissables lignes où le génie le dispute au bon sens mériteraient d'être apprises par cœur par tout enseignant digne de ce nom :

« *1. Repérer le degré de rupture de la connaissance, objet de l'apprentissage, avec le savoir acquis et spontané des élèves.*

2. Identifier le pré-requis de la connaissance nouvelle.

3. Choisir le traitement méthodologique adéquat pour dynamiser la tâche.

4. Établir le lien entre les traitements méthodologiques et la notion à acquérir.

5. Fractionner la notion pour que, avec un questionnement opératoire, la tâche déstructure puis restructure, et, par transformation successive, réunisse le quantum de la notion, et construire un objet de synthèse, dernier état de la connaissance élaborée (notion, concept, formule, loi, axiome...).

6. Produire la tâche par des opérations successives de micro-fonctionnements cognitifs qui réorganisent progressivement le savoir en intégrant la nouvelle difficulté.

7. Produire une griffe (?) *de construction-transformation du savoir qui prévoit la multiplicité du processus ou degrés de construction, d'élaboration de la connaissance chez les sujets apprenants.*

Le sujet apprenant identifie l'objet, repère les relations répétables quantitatives, différencie l'objet, quantifie ces relations étudiées par rapport à l'objectif poursuivi, généralise cette règle (ou axiome, ou théorème) pour intégrer finalement la notion dans le réseau des relations acquises.

En fait, quand le sujet travaille l'apprentissage, il articule :

— la dimension diachronique de la tâche : la connaissance, fil rouge de l'apprentissage, et le traitement méthodologique d'intégration adéquat ;

— la dimension synchronique : les représentations et les stratégies du traitement qui fonctionnent chez le sujet ou qu'il trouve dans les outils pédagogiques mis à sa disposition. »

FIN (OU PLUTÔT OUF !)

Que dire de cet Himalaya de cuistrerie aux prétentions « pédagogiques » *(sic)* si ce n'est que les auteurs de ces invraisemblables élucubrations émargent au budget de l'Éducation nationale, qui rétribue comme il se doit les immenses services qu'ils rendent à la jeunesse scolaire de notre heureux pays... où les analphabètes ne se comptent pas moins par millions ?

PÉDIATRE

Contrairement à **parâtre**, par exemple, le nom **pédiatre** ne prend **pas d'accent circonflexe**.

PÉDOPHILE

Comme l'indique clairement le suffixe « **-phile** », d'origine grecque, un **francophile** et un **anglophile** aiment respectivement les Français et les Anglais sans aucune implication de caractère sexuel. De la même façon, une nourrice et une institutrice d'école maternelle qui aiment les enfants devraient être qualifiées de **pédophiles**. Que nenni ! Car en 1968, un amateur de néologismes peu renseigné sur le sens véritable des mots crut intelligent d'employer le nom **pédophile** dans l'acception bien précise de **pédéraste**, dont le sens s'était indûment élargi pour désigner tout homosexuel du sexe masculin. Des faux sens et contresens de ce genre ne contribuent nullement à confirmer la réputation de clarté et de précision qui, dit-on souvent, auréole la langue française (voir **zoophile**).

PENALTY

Il n'est pas possible de remplacer l'anglais *penalty* par le français **pénalité** auquel il doit le jour, car un **coup franc** constitue également une **pénalité**. Quant au « coup de pied de réparation », équivalent français de *penalty*, il est vraiment beaucoup trop long pour connaître le moindre succès sur nos stades.

PÉNITENCIER, PÉNITENTIAIRE

Le nom **pénitencier** désigne un établissement qualifié de **pénitentiaire**. On ne saurait donc parler de régime « pénitencier » ou « pénitentier » sans commettre un **barbarisme** semblable à celui dont est si souvent victime l'adjectif **pécuniaire** (voir ci-dessus).

PERCEPTEUR, PRÉCEPTEUR

Un **percepteur** est un fonctionnaire du **Trésor** essentiellement chargé de recouvrer les contributions directes.

Un **précepteur** est chargé de l'**instruction** et de l'**éducation** d'un enfant à domicile.

PÉRÉGRINATION

Influencée par les mots affectés du préfixe « **péri** », la forme « périgrination » est un **barbarisme**.

PÉRIPÉTIE

Une **péripétie** étant un événement **important**, les amateurs de mots impressionnants d'au moins quatre syllabes commettent un grave contresens en baptisant « simple **péripétie** » un épisode de peu d'importance.

PERMIS

Une femme ne saurait dire qu'elle s'est « permise » de faire telle ou telle chose. En bon français, elle s'est **permis** de…

PERPÉTRER, PERPÉTUER

Le verbe **perpétrer** ne signifie pas « préparer » ou « ourdir », mais **commettre** avec une nuance nettement péjorative. Exemple : *un assassinat **perpétré** avec une exceptionnelle sauvagerie.*

Associé aux mots **perpétuel** et **perpétuité**, le verbe **perpétuer** signifie **faire durer** toujours ou longtemps. Exemple : ***perpétuer** la race.*

PERSIFLER

Au grand dam des « réformateurs » de l'orthographe, ce verbe frondeur ne prend qu'un « **f** » contrairement à **siffler**.

PÉTALE

Ce nom est du genre **masculin** : **un** pétale **blanc**.

PETER

Quand il s'agit du prénom **allemand**, la prononciation de la première syllabe est « **pé** » et non pas « pi » à l'anglaise.

PETITE FILLE, PETITE-FILLE

Une **petite fille**, féminin de **petit garçon**, est une **fillette**.

Une **petite-fille**, avec un **trait d'union**, est le féminin d'un **petit-fils** : âgée d'une trentaine d'années, la **petite-fille** de ce vieillard n'est plus une **petite fille** !

Dans ce cas particulier, le **trait d'union** a donc son importance.

PEU (LE)

Quand **le peu** exprime une quantité **suffisante**, l'accord du verbe (et du participe passé) se fait avec le **complément** qui suit **le peu** : **le peu** de richesses qu'il a **acquises** lui **suffisent** ; **le peu** de sympathie qu'on m'a **témoignée** me réconforte.

Quand **le peu** exprime une quantité **insuffisante**, l'accord se fait avec **le peu** : **le peu** de richesse qu'il a

acquis ne lui suffit pas ; **le peu** de sympathie qu'on m'a **témoigné** me désole.

Cette distinction subtile et assez généralement ignorée comblera d'aise quiconque attache du prix aux nuances.

PEUT-ÊTRE

Dans cet adverbe, les deux éléments sont liés par un **trait d'union** : il est **peut-être** trop tard.

Inversement, on n'emploie pas de trait d'union quand il s'agit de la forme conjuguée **peut** précédée de son sujet : il **peut être** trop tard, signifiant : **il se peut** qu'il soit trop tard.

PIED

Comme le rappelle justement le *Petit Robert*, un **pied** de vers est une « unité rythmique constituée par un groupement de syllabes ». Et ce dictionnaire ajoute : « En français, on ne doit pas parler des pieds, mais des **syllabes** d'un vers ». C'est pourquoi un alexandrin est un **dodécasyllabe** (vers de douze syllabes) et non un « dodécapode ». D'autres vers peuvent fort bien être des **octosyllabes**, et non point des « octopodes », qui n'ont rien de poétique, puisque ce sont des... **mollusques céphalopodes**. Le nom **pied** n'ayant rien de particulièrement noble, on se demande bien pourquoi tant de gens de la variété dite « intellectuelle » le préfèrent à tort à **syllabe**, qui fait pourtant beaucoup plus distingué...

Remarque. Le nom **papillon** se composant de trois **syllabes**, on ne voit pas pourquoi celles-ci se métamorphosent soudain en « pieds » — terme, au demeurant, fort peu poétique ! — dès l'instant que cet élégant lépidoptère inspire un poète...

PIED (À)

Bien que l'on marche généralement sur **deux pieds**, on va **à pied** en employant ce nom au **singulier**.

PIÉTONNIER OU PIÉTON ?

Le *Grand Larousse de la langue française*, qui accorde douze lignes au nom **piéton**, en consacre une de plus à l'**adjectif piéton**, donnant comme exemples : sentier **piéton**, rue **piétonne**, porte **piétonne**, entrée **piétonne**, citant des auteurs comme Victor Hugo et Jean de La Varende, qui l'ont employé.

L'adjectif **piétonnier**, qui ne fit son apparition qu'en 1967, est qualifié de « familier » par les auteurs de ce dictionnaire. Étant donné, de surcroît, qu'il ne brille pas par la légèreté, mieux vaut lui préférer l'adjectif **piéton** et préférer les voies **piétonnes** aux voies « piétonnières », qui ne sont pas du plus heureux effet.

PILULE

Fréquente est l'erreur consistant à doubler le premier « **l** » pour transformer ce mot en « pillule ».

PINEAU, PINOT

Le **pineau** est un **vin** de liqueur charentais.

Le **pinot** est un **cépage** français très courant, cultivé notamment en Bourgogne.

PING-PONG

L'appellation officielle de ce sport est **tennis de table**. Paradoxalement, les joueurs qui le pratiquent portent le nom de **pongistes**.

« PIN'S »

Au revers de leur veste, les Français portaient jusqu'alors un **insigne**, que les Québécois appellent **épinglette** et auquel les anglophones donnent le nom de *pin*, désignant d'abord une **épingle**. Importé en France en 1991, le terme anglais y a été, contre toute logique, affublé d'un « **s** » précédé d'une **apostrophe** aussi bien au singulier qu'au pluriel. On se demande quel attrait peut ajouter à cet objet ce grotesque appendice « **'s** » qui, en l'occurrence, n'a même pas le mérite d'être attesté en anglais, dont la grammaire ignore cette surprenante apparition du **cas possessif**, qui n'a strictement rien à voir dans cette galère. Étrange mélange de snobisme et d'anglomanie au rabais…

PIPE-LINE

Ce nom, qui se prononce en anglais « païp-laïn », a pour équivalent français **oléoduc**, de formation plus savante.

PIQUET

Pourquoi prononcer « piquette » le pseudonyme français de cet as brésilien du volant, qui est tout simplement homophone du nom commun (un) **piquet** ?

PIQÛRE

Ce mot est le seul où « **qu** » soit suivi d'une **consonne**. On remarquera que l'« **u** » porte un accent circonflexe.

PIRE, PIS

1. **Pire** est un **adjectif** signifiant **plus mauvais** et dont le contraire est **meilleur**. Exemples : *Ce résultat est **pire** que les précédents ; ce prétendu remède est **pire** que le mal ; un chenapan de la **pire** espèce.*

2. **Pis** est un **adjectif neutre** : c'est encore **pis** que je ne le craignais.

3. **Pis** est aussi un **adverbe** signifiant **plus mal** et dont le contraire est **mieux**. Exemples : *Cela va de mal en **pis** ; le malade est **pis** que jamais ; tant **pis** pour toi* ! (Le contraire est *tant mieux pour toi !*)

Il va de soi que les formes « plus pire » et « plus pis » sont aussi incorrectes que « plus meilleur » et « plus mieux ».

PLAIN, PLEIN

L'adjectif **plain**, du latin *planus*, signifiant : **plat, uni,** se retrouve dans **plain**-chant et l'expression de **plain**-pied.

L'adjectif **plein**, du latin *plenus*, ne doit pas être confondu avec le précédent : un trop-**plein**.

PLAINTE

Si l'on peut **porter plainte** sans article indéfini, on ne saurait « déposer plainte », comme on l'entend si souvent dire. On dépose **une** plainte avec l'**article indéfini**.

PLAINTE, PLINTHE

Le nom **plainte** est associé au verbe (se) **plaindre** : il eût fallu porter **plainte** ; on n'a que faire de vos **plaintes**.

Le nom **plinthe** désigne une **bande**, une **saillie** au bas d'un mur ou à la base d'une colonne.

PLAN, PLANT

Bien respecter la graphie du premier terme dans un **plan** de bataille et un **plant** de vigne.

PLANISPHÈRE

Contrairement au nom **sphère**, ce terme est du genre **masculin** : dans la salle des cartes, il y a **un grand** planisphère.

Le plus souvent, un **planisphère** représente la surface de notre globe sous la forme d'un vaste **rectangle**, où les régions voisines du pôle apparaissent démesurément agrandies par rapport à celles qui sont proches de l'équateur. C'est pourquoi on lui préfère souvent cette autre carte plane appelée **mappemonde** (voir ce mot).

PLASTIC, PLASTIQUE

Emprunté à l'anglais, le nom **plastic** désigne un **explosif** plastique.

Le mot **plastique** est un adjectif ou un nom désignant soit une **matière plastique**, soit un **type de beauté** ou l'art de la **sculpture**.

PLEIN DE

Pendant de très longues années, la tournure **plein de** était réservée au langage enfantin : « J'ai mangé **plein d'**bonbons ». Or, depuis le début des années quatre-vingt, on ne compte plus les adultes qui croient intelligent de remplacer **beaucoup de** par **plein de**, devenu incontournable, en disant, entre autres : « Dans ce magasin, il y a **plein de** marchandises et **plein de** gens qui ont **plein d'**argent à dépenser. » Il est moins que probable que cette étrange façon de s'exprimer soit celle de savants anglicistes ayant fait franchir la Manche à la tournure anglaise *plenty of*, un des équivalents du français **beaucoup de**.

PLÉONASME

Il consiste en l'emploi d'un mot qui **répète** l'idée contenue dans celui qui le précède. Le **pléonasme** n'est pas blâmable quand il a pour but de **renforcer utilement** l'idée exprimée. Exemples : *Ce phénomène, je l'ai vu **de mes yeux**; j'applaudis **des deux mains**; on ne leur a rien montré, **à eux**.*

Le **pléonasme** est **vicieux** quand il constitue une **simple redondance** qui n'est d'aucune utilité à l'exposé. Exemples : *J'ai vu un **petit nain**; nous **collaborerons ensemble**; il y en avait **suffisamment assez**; c'était **prévu d'avance**; il faut **sortir dehors**.*

PLURIEL DES NOMS EN « -OU »

Les **sept noms** terminés par « **-ou** » qui prennent un « **x** » au pluriel sont, dans l'ordre alphabétique : **bijou, caillou, chou, genou, hibou, joujou** et **pou**. On peut y ajouter le néologisme **ripou**, qui relève du « verlan »...

PLUS

Quand ce mot signifie **davantage**, la tendance à faire entendre l'« **s** » final est de plus en plus généralisée. En le prononçant dans : « J'en veux **plus** », on exprime clairement le désir d'en avoir **davantage**. Mais en remplaçant paresseusement la forme négative : « **Je n'en** veux plus » par un envahissant : « **J'en** veux plus », il va de soi qu'on ne saurait prononcer l'« **s** » de ce dernier mot sans dire le contraire de ce qu'on entend exprimer.

PLUS (LE, DES)

Dans la locution adverbiale **le plus**, l'article reste **invariable**, même si le participe passé qui le suit n'est pas un masculin singulier. Exemples : *La femme qu'il a le plus aimée; les boissons que nous avons le plus appréciées* (et non pas « la plus » et « les plus »).

L'adjectif qui suit **des plus** se met au **pluriel** quand il se rapporte à un **nom** : un accueil des plus **cordiaux**. Inversement, l'adjectif reste **invariable** quand il se rapporte à un **pronom neutre** ou à un **verbe** : Cela nous fut des plus **pénible** ; jouer au piano cette œuvre de Liszt est des plus **difficile**.

PLUSIEURS

À l'instar de l'anglais *several*, l'adjectif indéfini **plusieurs** signifie en principe **plus d'un**. Il n'est donc pas synonyme de : **beaucoup de, de nombreux, de multiples**.

Mais puisque la tournure **plus d'un** est employée pour désigner un nombre nettement supérieur à deux, il n'est pas étonnant que **plusieurs** ait pris ce sens particulier.

PLUS TÔT, PLUTÔT

Plus tôt, en deux mots, est le contraire de **plus tard** : vous auriez dû arriver **plus tôt**.

Plutôt, en un seul mot, signifie, entre autres, **de préférence** : tout **plutôt** que le supplice de la soif !

PLYMOUTH

Dans le nom de ce port anglais, la première syllabe se prononce tout simplement comme un **pli** et non pas « plaï » à la façon de faux érudits qui, au nom d'un anglais *« made in France »*, la font rimer avec *fly*, par exemple.

POIGNÉE DE MAIN

Bien que **deux mains** se serrent, on écrit « une poignée de **main** » en mettant ce dernier nom au **singulier**.

POINT DE VUE

Dans le sens de **sous le rapport de**, on peut dire indifféremment : **au** (à un) point de vue ou **du** (d'un) point de vue. Exemples : *Au point de vue financier ; à un point de vue théorique ; du point de vue scolaire ; d'un point de vue réaliste.*

Le mot **vue** ne doit pas être directement suivi d'un autre nom. On ne dira donc pas : « au (ou du) point de vue arbitrage », mais, en faisant appel à la préposition **de** : au (ou du) point de vue **de l'**arbitrage.

POLICLINIQUE, POLYCLINIQUE

Une **policlinique** est un établissement où les malades reçoivent des soins, mais ne sont **pas hospitalisés**.

Une **polyclinique** est une clinique de **médecine générale**.

Remarque. Cette parfaite homophonie exige une particulière vigilance en matière d'orthographe.

POLIOMYÉLITE

Le préfixe **poly-** n'y ayant pas sa place, il ne faut pas se tromper sur la place de l'« **y** » dans ce nom qui vient des mots **grecs** ***polios*** (gris) et ***muelos*** (moelle).

POLITICIEN, POLITIQUE

Le terme de **politicien** a une valeur péjorative en raison de laquelle il n'est nullement l'équivalent d'**homme politique**. Un **politicien** peut se livrer à d'assez basses manœuvres qualifiées de **politiciennes**.

PORTUGAIS

Ce mot ne prend qu'un « **u** », comme **Portugal**. La graphie « portuguais » est donc incorrecte.

POULPE

Ce nom est du genre **masculin** : **un** poulpe **agressif**.

POURCENTAGE

On commet un **pléonasme** en disant, par exemple, que le **pourcentage** des athlètes qualifiés est de vingt-cinq **pour cent**. Mieux vaut dire que leur **proportion** est de vingt-cinq **pour cent**.

POURRIR

Contrairement à **courir** et à **mourir**, le verbe **pourrir** prend deux « **r** » après l'« **u** » (voir **nourrir**).

PRATIQUEMENT

Cet adverbe très employé n'est le plus souvent qu'une traduction servile de l'anglais ***practically***, qui signifie le plus souvent **quasiment**, **presque**, **à peu près**, **pour ainsi dire**, **de fait**, alors que, dans notre langue, **pratiquement** veut dire **dans la pratique**, qui n'est donc nullement synonyme des cinq équivalents ci-dessus de l'adverbe anglais.

PRÉFÉRER

On préfère une chose **à** une autre. On dira donc : je préfère l'été **à** l'automne, et non pas : je préfère l'été « que » l'automne, **solécisme** probablement influencé par : j'aime mieux l'été **que** l'automne.

Toutefois, on évitera la tournure : je préfère le café **au** lait, qui est ambiguë. On évitera toute équivoque en disant : j'**aime mieux** le café que le lait.

PRÉMICES, PRÉMISSE

Des **prémices** sont un **début** : les **prémices** de l'hiver. Ce nom n'existe qu'au **pluriel** et il est du genre **féminin** : d'**heureuses** prémices.

Une **prémisse** est notamment un fait d'où découle une conséquence quelconque.

PRÉPARER

Préparer **d'avance** est un **pléonasme** trop fréquent.

PRÈS DE, PRÊT À

La locution prépositive **près de** est le contraire de **loin de**. Exemple : *Cet enfant prudent nage* ***près de*** *la côte ; ce conflit n'est pas* ***près de*** *s'achever ; l'agonisant était* ***près de*** *passer de vie à trépas*.

On emploie **prêt à** dans le sens de **disposé à, décidé à** : Il se dit **prêt à** parier toute sa fortune ; sont-ils **prêts à** partir ?

Cette distinction entre **près de** et **prêt à** figure parmi les recommandations de l'Académie française.

PRÉSENTER

On ne « présente » pas un examen : on **se présente** audit examen.

PRÉVENIR

Prévenir **d'avance** est un **pléonasme** très répandu.

PRÉVOIR

Prévoir **à l'avance** est un **pléonasme**.

PROBLÈME

Sous l'influence, entre autres, de l'anglais ***problem***, le nom français **problème** tend de plus en plus à remplacer **souci, ennui** et autres synonymes. Son succès usurpé tient également au fait que, évoquant les mathématiques et la physique, il fait plus savant que les mots tout simples auxquels il se substitue indûment. Ne serait-il pas possible de remplacer des « problèmes » de santé par des **ennuis** de santé, pour ne prendre qu'un exemple ? Quant aux ***problem children*** des anglophones, ce ne sont pas des « enfants à **problèmes** », mais des enfants **difficiles**, voire **terribles**, pour quiconque entend parler français.

Remarque. On ne peut qu'admirer le langage châtié de cette dame fort distinguée qui, au cours d'un « spot » publicitaire, ne nous dit pas prosaïquement qu'elle est guérie de sa constipation, mais qu'elle a « résolu son **problème** de transit intestinal »...

PROFESSEUR

Ce nom ne prend qu'un « **f** », tout comme **profession**. À l'instar de **peintre** et **écrivain**, le nom **masculin professeur** s'emploie pour les **deux sexes** : cette Anglaise est notre **nouveau** professeur. On condamnera donc « une » professeur et, bien entendu, une « professeuse ».

PROFITER

On ne profite pas quelque chose, mais **de** quelque chose. Il ne faut donc pas parler d'une occasion « à profiter », mais d'une occasion **à saisir**. Quant à la fameuse « occasion **à profiter de suite** », elle est doublement fautive (voir **suite**).

PROLONGATION, PROLONGEMENT

Une **prolongation** est l'action de prolonger dans le **temps** : en Coupe de France de football, bien des matches donnent lieu à des **prolongations**.

Un **prolongement** est une extension en longueur dans l'**espace** : le **prolongement** de cette autoroute est imminent.

PROMETTRE

De plus en plus souvent, le verbe **promettre** tend à se substituer à **assurer** dans des phrases fautives telles que : « Je te **promets** que j'ai fait mon travail. » Or, le verbe **promettre** ne saurait être suivi que d'un **futur** ou d'un **infinitif** précédé de la préposition **de** : je te **promets** que je ferai mon travail, je te **promets** de faire mon travail. Mais on dira : « Je t'**assure** que j'ai fait mon travail », dans une phrase où le verbe « promettre » n'a pas sa place.

PROMPT

Le second « **p** » est **muet** dans l'adjectif **prompt** (et ses dérivés) comme le montre cet extrait de *Tartuffe*, où le féminin **prompte** rime avec **monte** :

Certes je ne sais pas quelle chaleur vous ***monte****.*
Mais à convoiter, moi, je ne suis point si ***prompte****.*

PROMPTEUR

Reproduction presque littérale de l'anglais *prompter* désignant un **souffleur**, le néologisme **prompteur** devrait être remplacé par **télésouffleur**.

PSYCHIATRE

Contrairement à **marâtre**, le nom **psychiatre** ne prend pas d'accent circonflexe.

PUBLICISTE, PUBLICITAIRE

Un **publiciste** est un **journaliste** ou un **juriste** spécialiste du droit public.

Un **publicitaire** s'occupe de **publicité**.

PUGNACE

Contrairement à ce qui se passe dans le prénom **Ignace**, il faut dissocier le « **g** » et l'« **n** » dans l'adjectif **pugnace**, tout comme on le fait dans les noms **magnum** et **magnat**.

PUPILLE

Ce nom se prononce « **pupile** » et ne rime nullement avec (il) **pille**, mais avec **pile**.

« PURISTE »

Qualificatif désobligeant, dont un grammairien qui condamne cent fautes de langage, mais en tolère une cent unième, affuble un autre grammairien qui condamne cette cent unième faute : on est toujours le « puriste » de quelqu'un.

PUTSCH

Dans ce nom d'origine **allemande**, la voyelle se prononce « **ou** » comme dans **poutre**, et non pas « **eu** » comme dans **bluff** et **club**, empruntés à l'anglais.

Pyrénées

On constate une fâcheuse tendance à écrire « Pyrennées » avec une consonne double bien inutile.

Q

QUAND, QUANT

La **conjonction de** subordination **quand**, écrite avec un « **d** », a le sens de **lorsque** : nous repartirons **quand** il fera jour.

La locution prépositive **quant à**, écrite avec un « **t** », signifie **à l'égard de, pour ce qui est de, en ce qui concerne** : **quant à** moi, je préfère rester. Il est tout à fait incorrect de dire « tant qu'à ».

QUARTÉ

La première syllabe du nom de cette forme de pari se prononce **car**, comme dans **quartier**, et non pas « couar », comme dans **quartette**.

QUARTERON

Veut-on dénoncer la présence de **quatre** malfaiteurs en un lieu où ils ne devraient pas se trouver ? Dans ce cas, quoi de plus facile et de plus chair que de parler de **quatre** malfaiteurs ou, en y mêlant une pointe d'humour, d'un **quatuor** de malfaiteurs ? Eh bien, non ! Croyant faire « distingué », de beaux esprits emploieront le mot **quarteron**, ignorant de toute évidence que cette unité de mesure connue du monde paysan désigne le **quart de cent**, soit **vingt-cinq**, ou encore le **quart d'une grosse**, soit **trente-six** unités : acheter un **quarteron** de noix. Si, pour entériner ce fâcheux contresens, le nom **quarteron** devenait, bien à tort, synonyme de **quatuor**, les esprits compliqués en arriveraient peut-être à désigner un **couple** par le terme de « demi-quarteron », en vertu d'une arithmétique bien particulière...

QUELQUE, QUEL QUE

L'**adjectif indéfini quelque** s'accorde en nombre avec le nom qu'il précède. Exemples : *Il a dû commettre **quelque** imprudence ; le combat de boxe ne dura que **quelques** minutes ; **quelques** gouttes de pluie ne sauraient nous arrêter.*

Il va de soi que le mot **quelque** est invariable quand il est employé dans le sens de **si** ou d'**environ**. Exemples : *Quelque nombreux qu'ils fussent, les ennemis étaient trop mal équipés pour pouvoir résister ; cet avion peut transporter **quelque** trois cents passagers.* On opposera donc utilement **quelques** passagers à **quelque** trois cents passagers. Au lieu de « quelque dix », « quelque douze », « quelque quinze », « quelque vingt », etc., mieux vaut parler respectivement d'une **dizaine**, d'une **douzaine**, d'une **quinzaine**, d'une **vingtaine**, etc.

Les formes **quel que**, **quelle que**, **quels que** et **quelles que**, en **deux mots**, se rencontrent directement devant un verbe conjugué au **subjonctif** ou devant un **pronom personnel sujet** : **quel que** soit votre âge ; j'attends une réponse, **quelle qu'**elle soit ; **quels que** soient ses talents ; **quelles que** fussent ses aptitudes.

QUELQUE CHOSE

Quelque chose est masculin quand il signifie **une chose** : Si tu veux **quelque chose**, je te **le** donnerai ; **un petit** quelque chose.

Quelque chose est **féminin** quand il signifie **quelle que soit la chose** : **Quelque chose** que vous leur ayez dite, ils n'ont certainement rien compris.

QUENOUILLE

L'expression **tomber en quenouille** est une allusion aux **femmes** aux mains desquelles tombe une succession : la loi salique empêchait que le royaume de France ne **tombât en quenouille**. Trop nombreux sont nos compatriotes qui, insensibles à l'image que représente la quenouille, emploient bien à tort cette expression dans le sens de **s'effilocher** ou d'être réduit en **charpie**, au sens figuré.

QU'EST-CE ?

Cette forme interrogative répondant mot pour mot à l'anglais « *what is that ?* » et à l'allemand « *was ist das ?* » n'est guère employée en raison de son homophonie avec le nom **caisse**. En employant le double de mots, on dit couramment « qu'est-ce que c'est ? », voire, avec deux mots de plus, « qu'est-ce que c'est que ça ? », qui ne brille ni par la concision, ni par la légèreté, ni par l'élégance et échappe à toute traduction littérale en quelque langue que ce soit.

QUICHENOTTE

Quoi qu'en disent certains dictionnaires et contrairement à une idée reçue des plus tenaces, le nom

quichenotte, désignant une **coiffe** saintongeaise, ne vient nullement de l'anglais *kiss not* censé dissuader les soldats britanniques d'embrasser la porteuse de ce couvre-chef. En réalité, c'est du nom **quichon**, désignant en Saintonge une **meule de foin**, que vient cette **quichenotte**, portée par les faneuses pour se protéger les cheveux. C'est pourquoi la graphie « kichenotte » inspirée de la fausse étymologie anglaise, est aussi pédante qu'aberrante.

QUICONQUE

Contenant trois fois le son consonantique « **k** », le pronom relatif indéfini **quiconque** (prononcé « **kikonk** ») n'est certainement pas le mot le plus harmonieux de la langue française. Cependant, il semble auréolé d'un certain prestige à bien des gens qui l'emploient abusivement. Or, l'Académie française a rappelé que ce mot si prisé ne devrait être utilisé que comme **sujet d'un verbe** dans le sens de **toute personne qui**. Exemples : *Quiconque frappera par l'épée périra par l'épée ; nous barrerons la route à* ***quiconque*** *essaiera de s'approcher ; prêtez l'oreille à* ***quiconque*** *vous apportera des renseignements utiles*.

On ne dit donc pas : « Il s'exprime mieux que quiconque ; vous n'en parlerez jamais à quiconque », mais : « Il s'exprime mieux que **personne** ; vous n'en parlerez jamais à **personne** ». De la même façon, un homme épris de liberté ne veut pas être l'esclave de « quiconque », mais de **qui que ce soit**. Quant à l'accès à des installations secrètes, il n'est pas interdit à « quiconque », mais à **qui que ce soit**.

QU'IL, QUI L'...

Voici deux phrases parfaitement homophones qui, pour qui les entend, se révèlent fort ambiguës : « Le champion a félicité celui **qu'il** avait battu » et : « Le champion a félicité celui **qui l'**avait battu ». Seule la lecture de ces deux phrases permet de comprendre que la première indique que le champion a battu son adversaire, contrairement à la seconde qui fait de ce dernier le vainqueur dudit champion. Nuance...

QUINQUAGÉNAIRE

Le préfixe se prononce « **cuincoua** ».

QUI, QU'IL

On peut dire indifféremment : le peu d'argent **qui** (ou **qu'il**) leur reste en poche ; on verra bien ce **qui** (ou **qu'il**) arrivera.

QUOIQUE, QUOI QUE

On écrit **quoique** en un mot quand il s'agit de la **conjonction de subordination** synonyme de **bien que** ou d'**encore que**. Exemples : *Il n'est pas sûr de gagner, **quoiqu'il** soit légèrement plus fort que son adversaire ; il est encore très souple, **quoique** trapu.*

On écrit **quoi que** en deux mots pour dire **quelle que soit la chose que**. Exemples : ***Quoi que** vous puissiez faire, vous courez à l'échec ; **quoi qu'il** en soit, il a encore perdu ; nous nous défendrons, **quoi qu'il** advienne.*

R

RABATTRE, REBATTRE

On peut **rabattre** le caquet à quelqu'un afin qu'il cesse de nous **rebattre** les oreilles du récit de ses exploits imaginaires. L'expression « **rabattre** les oreilles » est un **barbarisme** caractérisé.

RACCOMMODER

Ce verbe et ses dérivés prennent deux « **c** » et deux « **m** ». Cette remarque s'applique également à **accommoder**.

RACISME

Employé abusivement il y a un demi-siècle dans les pays d'Europe occupés par la Wehrmacht, le nom **race** désigne en réalité chacune des trois grandes subdivisions de l'espèce humaine, à savoir la race dite « blanche », la race dite « noire » et la race dite « jaune ». Il en résulte que parler de « race » allemande, juive ou maghrébine est une aberration. Pas davantage ne saurait-on parler de « racisme » anti-maghrébin ou, pis encore, « anti-jeune », comme si l'on pouvait changer de race en devenant adulte !

Le « racisme » visé par la loi du 1er juillet 1972, complétée par celle du 13 juillet 1990 s'entend, dit un texte officiel, de « toute **discrimination** fondée sur l'origine ou l'appartenance ou la non-appartenance soit à une race, soit à une ethnie, soit à une nation, soit à une religion, sans restriction ni exclusion ».

Les notions susmentionnées de nation et de religion n'ayant strictement rien à voir avec une « race », il en résulte que le terme de **racisme** est, en l'occurrence, totalement inapproprié. Si les mots français ont encore un sens, il s'agit en réalité de **discrimination** ou d'**ostracisme**. La différence est de taille !

Remarque. Du point de vue linguistique, il serait aberrant de prétendre retrouver cet incontournable « racisme » dans le mot **ostracisme**...

RAFLE, RAFLER

Il faut bien se garder de doubler l'« **f** ».

RAINETTE, REINETTE

La **rainette** est une petite **grenouille**, la **reinette** est une **pomme**.

RAJOUTER

Ce verbe a de plus en plus tendance à se substituer à **ajouter**, alors que son emploi ne se justifie que dans le sens d'**ajouter de nouveau**. Exemple : *On avait déjà remis du sel dans la purée ; pourquoi en avez-vous **rajouté** ?*

L'emploi de **rajouter** peut aussi exprimer une critique. Exemple : *Il en a assez dit comme ça ; pourquoi veut-il en rajouter* ?

RANIMER, RÉANIMER

Le verbe **ranimer** signifie redonner de la **vie**, de la **vigueur**, tandis que **réanimer** équivaut à rétablir les fonctions vitales au moyen de la **réanimation**.

RAPPELER (SE)

On dit : « Je vous rappelle vos engagements » et non pas « ... **de** vos engagements ». De la même façon, on se rappelle quelque chose et non « de » quelque chose, alors qu'on se souvent **de** cette chose avec la préposition **de**.

En parlant d'un fait quelconque, on dira donc « je me **le** rappelle » et non « je m'**en** rappelle », tandis que ce pronom est tout à fait à sa place dans « je m'**en** souviens ». Enfin, on opposera « un incident **que** je me rappelle » à « un événement **dont** je me souviens ».

RASSÉRÉNER

Ce verbe est formé sur l'adjectif **serein**. La forme « rassénérer » est donc un **barbarisme**.

REAGAN

Que Ronald **Reagan** ait été pendant non moins de huit ans président des États-Unis n'a pas empêché des millions de nos compatriotes de déformer son patronyme en « Rigan », alors que la première syllabe contient le même son vocalique proche de notre « **è** » que les mots

bread et ***head***, par exemple. Ce nom se prononce donc comme s'il écrivait « Reggan » et non « Reegan » qui, une fois de plus, est du pseudo-anglais *« made in France »*.

RÉALISER

Il est déconseillé d'employer ce verbe dans le sens de **comprendre**, **se rendre compte de**, **mesurer l'importance de**, en lui donnant ainsi le sens de l'anglais ***to realise***, également écrit ***to realize***.

REBELLE, RÉBELLION

De **rebelle** est dérivé le nom **rébellion**, dont l'**accent aigu** est trop souvent oublié.

RECORDMAN

Ce nom n'existe pas en anglais, où le détenteur d'un record porte le nom de ***record-holder***. Tout aussi inexistant dans cette langue est le prétendu féminin « recordwoman ».

RECOUVRER, RECOUVRIR

Le verbe **recouvrer**, qui signifie **rentrer en possession de**, est le doublet de **récupérer** (voir ci-dessous). D'où : **recouvrer** la vue, la santé.

Il est clair que le verbe **recouvrir** signifie **couvrir** de nouveau, complètement, puis **masquer** : une épaisse couche de neige **recouvrait** le sol.

RÉCUPÉRER

Issus l'un et l'autre du latin *recuperare*, les verbes **récupérer** et **recouvrer** sont des **doublets** (voir ce mot). On emploie **récupérer** pour indiquer qu'on rentre en possession de son propre bien : **récupérer** un portefeuille volé est chose exceptionnelle.

On commet donc un **contresens** caractérisé en parlant de cambrioleurs qui « récupèrent » des bijoux chez un joaillier ou de soldats qui « récupèrent » sur un champ de bataille les armes de l'ennemi en débandade. Dans le premier cas, les bijoux ont bel et bien été **volés** ; dans le second les armes ont été **saisies**.

REDOUBLER

Dans l'expression **redoubler** une classe, le verbe ne signifie pas « doubler **une nouvelle fois** », mais simplement **doubler**, car le préfixe « **-re** » a ici une valeur d'**insistance**. On parle donc du **redoublement** d'une classe et d'un **redoublant**.

RÉÉLIRE

Franklin Delano Roosevelt fut élu président des États-Unis en 1932, 1936, 1940 et 1944, soit quatre fois au total. Il est donc faux de dire qu'il fut « réélu » quatre fois, alors qu'il ne connut que **trois** réélections. Cette faute s'apparente à celle qui consiste à éliminer le verbe **entrer** au profit de **rentrer**, même quand il s'agit d'une première fois.

RÉGLISSE

Ce nom est du genre **féminin** : ces pâtes pectorales contiennent de **la** réglisse.

REJOINDRE

Ce verbe signifie notamment **rattraper, aller retrouver** : échappé au trentième kilomètre, ce coureur fut **rejoint** non loin de l'arrivée. Mais, sous l'influence de l'anglais ***to join*** mal traduit en français par « rejoindre », on nous dit de plus en plus, et bien à tort, qu'un brave citoyen « rejoint » un parti dont il n'a jamais été membre, ou qu'un jeune homme mobilisé pour la première fois « rejoint » l'armée. Ignorerait-on que le premier **adhère** à un parti et que le second, selon le cas, **s'engage** dans l'armée ou est tout simplement **mobilisé** ?

REMERCIER

Mieux vaut dire remercier **de** quelque chose que « remercier **pour** quelque chose » : nous vous remercions **de** votre sollicitude.

RÉMUNÉRER

La forme « rénumérer » influencée par le verbe **énumérer** est un **barbarisme** fréquent. Même remarque pour « rénumération » (cf. **numération**), dont la forme correcte est **rémunération**.

RENTRER

Force est de constater qu'il faudra bientôt rayer du dictionnaire le verbe **entrer** qui, de plus en plus, est remplacé par **rentrer**, lequel, pourtant, est loin d'en être le synonyme. C'est ainsi qu'un écolier et un joueur remplaçant sont censés « rentrer » respectivement au collège et sur un terrain de football sans jamais y avoir mis les pieds...

Point n'est pourtant besoin d'être un savant linguiste pour comprendre que le verbe **rentrer** signifie clairement « entrer **une nouvelle fois** », n'étant pas plus synonyme de ce dernier verbe que **racheter** ne l'est d'**acheter**. Il est donc grand temps que le verbe **entrer...** rentre dans ses droits.

REPAIRE, REPÈRE

Un **repaire** est une **retraite** de bêtes sauvages, de brigands, etc. : des malandrins avaient établi leur **repaire** dans une caverne abandonnée.

Un **repère** est une **marque**, un **jalon**, permettant de se **repérer** : un amer est un point de **repère** situé sur la côte.

REPARTIE

Ce nom désignant une **réponse** vive et spirituelle s'écrit **sans accent aigu**. Le nom **repartie** est donc **homophone** et **homographe** du participe passé féminin du verbe **repartir** et non de **répartir**.

RÉPÉTER

Quand il s'agit d'une première répétition, il est faux de parler de « répéter **une deuxième fois** », erreur fréquente. Il faut être faible en calcul pour ignorer qu'un et deux font trois !

REPRÉSAILLES

Ce nom féminin n'existant qu'au **pluriel**, on ne saurait parler d'« **une** représaille », mais d'une « **action de représailles** ».

RÉSERVATION

Sous l'influence de l'anglais ***reservation***, le mot **location** a été supplanté par **réservation**, dont les quatre syllabes ne constituent pourtant pas un allègement !

RÉSONANCE

Contrairement au verbe **sonner**, ce nom ne prend qu'un « **n** » après l'« **o** » (voir **assonance**, **consonance** et **dissonance**).

RESPECT

Ses deux dernières consonnes étant **muettes**, ce nom rime avec **parapet** (voir **aspect**).

RESSEMBLER

Pour se renseigner sur l'aspect de quelqu'un, les Français, pendant des siècles, demandaient tout simplement : « Comment est-il ? ». Mais, sous l'influence de mauvais auteurs de doublages de films en langue anglaise, la question : *« What does he look like ? »* ou encore *« What is he like ? »* a été servilement rendue en français par ce stupide et incontournable : « À **quoi** ressemble-t-il ? ». Si les mots français ont encore un sens — ce qui est, hélas, de moins en moins sûr —, cette question revient à demander **à quel objet** il ressemble, c'est-à-dire à une barrique, à un poteau télégraphique, etc. Il serait grand temps de traduire en français cette question envahissante pour demander, comme naguère : « **Comment est-il** ? », qui ne doit rien à l'anglais, vu que *« How is he ? »* signifie « Comment va-t-il ? ».

Remarque. Il va de soi que, à la question : « À **qui**

ressemble-t-il ? », on répondra par un complément de **personne** : « Il ressemble à son **père**, à son **frère** aîné, etc. ».

RESSORTIR

Le verbe du **troisième** groupe **ressortir**, signifiant **sortir de nouveau, apparaître nettement** par un effet de contraste, **résulter**, se conjugue tout naturellement comme **sortir**. D'où : de maint témoignage il **ressortait** que l'accusé était bel et bien coupable.

Le verbe du **deuxième** groupe **ressortir**, signifiant être du **ressort (de)**, de la **compétence (de)**, de la **juridiction (de)**, se conjugue sur le modèle de **finir**, comme le montre le nom un **ressortissant**. D'où : ces actes inqualifiables **ressortissaient à** la cour d'assises. Ce verbe se construit avec la préposition **à**. Il est donc totalement erroné de dire que les crimes « ressortent de » la cour d'assises, comme on l'entend trop souvent. En bon français, ils **ressortissent à** la cour d'assises.

RÉTICENT

Étymologiquement, cet adjectif se rattache au verbe **taire** (latin *tacere*). Un témoin **réticent** ne veut donc pas dire tout ce qu'il sait. En raison d'une curieuse extension de sens, bien des gens emploient à tort cet adjectif jugé « distingué » comme synonyme d'**hésitant**, de **rétif**, de **récalcitrant** et n'hésiteront pas à parler d'un mulet ou d'un muet **réticent**. Le vocabulaire français serait-il si pauvre qu'il ne puisse fournir l'adjectif adéquat ?

RÉVEIL, RÉVEILLE-MATIN

On écrit un **réveil**, mais un **réveille**-matin, ce dernier contenant une forme conjuguée du verbe **réveiller**.

REVOLVER

C'est à tort que, bien souvent, un **pistolet** est baptisé « revolver », alors que ce dernier est le seul à posséder un **barillet**.

RHÉTORIQUE

Il ne faut pas déplacer l'« **h** » de ce nom pour le déformer en « réthorique », comme on peut le lire assez souvent.

RISQUER

Ce verbe annonce une conséquence **fâcheuse**, voire funeste pour l'intéressé : il **risque** de glisser, d'échouer, de tout perdre, de se tuer. Il est donc impropre et illogique de dire : il « risque » de gagner, de s'enrichir, de connaître la gloire. Dans des cas de ce genre, on dira qu'il **a des chances** de...

RIS, RIZ

Ne pas confondre le **ris** de veau ou d'agneau avec le **riz** au gras ou au lait, comme on le voit, hélas, sur le menu de certains restaurants rédigés d'une plume volage.

RIVIÈRE

Une **rivière** ne se jette pas dans la mer, mais dans autre cours d'eau. Elle peut parfois être nettement plus longue et plus abondante qu'un **fleuve**. Tout en étant six fois plus long que la Seine, le **Missouri**, affluent du Mississippi, est une **rivière** des États-Unis.

RODER, RÔDER

On **rode** un véhicule pendant la période dite de **rodage** (sans accent circonflexe).

On **rôde** (avec un accent circonflexe) quand on erre à la façon d'un **rôdeur**.

ROMANCE

Toutes les fois que le nom anglais ***romance*** désigne une **idylle**, une **intrigue amoureuse**, une **histoire sentimentale**, il est absurde de le rendre paresseusement en français par « romance », mot qui, dans notre langue, désigne un **petit chant** du genre sentimental nommé **ballade**.

ROOSEVELT

Ce nom étant d'origine **néerlandaise**, les Anglo-Américains ne prononcent pas la première syllabe à l'anglaise avec le son « **ou** » de ***room***, mais avec le son « **o** » de **rose**. Nous n'avons donc aucune raison de prononcer « roux-svelte ».

ROUVRIR

Faudra-t-il bientôt rayer des dictionnaires ce verbe qui, tant de fois, est déformé en « réouvrir », probablement sous l'influence du nom **réouverture** ? Ce dernier verbe n'existant pas, on ne saurait trop recommander d'y renoncer pour n'employer que **rouvrir**, en deux syllabes.

ROYALTIES

L'Académie française a rappelé que ce mot anglais a pour équivalent français **redevance**, dont l'emploi est recommandé.

RUGBYMAN

Ce nom est, une fois de plus, de l'anglais « *made in France* », puisqu'un joueur de rugby porte en anglais le nom de ***rugby player***.

RUINE (EN)

Même si les ruines recouvrent une vaste surface, on emploie ce nom au **singulier** dans « une ville en **ruine** », par exemple.

RUTILER

Remontant au latin ***rutilare*** signifiant « rendre **rouge** », ce verbe a pour premier sens : briller d'un éclat **rouge ardent**. Par extension, il signifie : briller d'un **vif éclat**. Il n'en reste pas moins qu'il est préférable de parler de l'éclat **rutilant** d'un **rubis** plutôt que de celui d'une topaze ou d'une émeraude.

S

SACRIPANT

Contrairement à **chenapan**, le nom **sacripant** s'écrit avec un « **t** ».

SAINTE-MENEHOULD

Le nom de cette ville de la Marne se prononce « Sainte-**Menou** ».

SAINT-TROPEZ

La consonne finale du nom de cette ville du Var étant muette, il rime avec **galoper**, par exemple.

SAMBA

Comme le rappelle, entre autres, Patrick Grainville, prix Goncourt en 1976, le nom de cette danse brésilienne est du genre **masculin**, d'où : **le** samba **brésilien**. Mais l'« **a** » final évoquant le genre **féminin**, les non-initiés, qui sont les plus nombreux, parlent en chœur de « la » samba « brésilienne ».

SANCTIONNER

Ce verbe signifie **approuver, confirmer** : notre décision a été **sanctionnée** par les autorités supérieures ; plus d'un terme étranger a été **sanctionné** par l'usage.

Il n'est donc pas recommandé de faire de **sanctionner** un mot ambivalent en l'employant dans le sens d'infliger des **sanctions**, c'est-à-dire **punir**, **pénaliser**.

SANS

Selon une légende tenace, cette préposition ne saurait être suivie que du singulier. Or, rien n'est plus faux, comme le prouve, entres autres, un tricot sans **manches, pluriel** dû au fait que ces dernières vont normalement par deux. De la même façon dira-t-on « une écurie sans **chevaux** », car on s'attend à en trouver plusieurs. Enfin, dans une dictée sans **fautes**, le pluriel de ce dernier nom se justifie par le fait qu'il est, de nos jours, rarissime que pas plus d'une faute d'orthographe ne soit commise dans ce genre d'exercice, comme dans les autres, d'ailleurs.

Inversement, il est tout à fait normal de faire suivre la préposition **sans** d'un **singulier** dans « la femme sans **tête** » et « un patriarche sans **barbe** ».

Remarque. La simple logique dicte le choix du **singulier** dans « un homme sans **parole** » et celui du pluriel dans « une histoire sans **paroles** ».

SANS QUE

La préposition **sans** a une valeur négative, comme le prouve l'exemple suivant : entrez **sans** frapper ! Il n'est donc pas nécessaire de mettre devant le verbe introduit par **sans que** la négation **ne**, tournure assez fréquente à l'époque classique où ce petit mot avait une valeur purement explétive. On dira donc sans employer cette négation : Comment approcher ce chien sans qu'il **aboie**, sans que son maître s'en **aperçoive** ?

SAOUL, SOÛL

Les deux graphies coexistent et l'**accent circonflexe** ne se rencontre que dans la **seconde**. Les deux verbes correspondants sont **saouler** et **soûler**.

SARRAU

Ce nom prend un « s » comme marque du **pluriel** : des **sarraus** noirs ou bleus (voir **landau**).

SATIRE, SATYRE

La satire, qui ridiculise ses victimes, ne s'écrit pas comme **le satyre**, qui s'en prend à leur vertu.

SAUNA

Ce nom d'origine **finlandaise** est du genre **masculin** : **un** sauna **bienfaisant**.

SAUVAGE

Sous l'influence de l'adjectif anglais ***wild***, forme abrégée de ***wild-cat*** (chat **sauvage**), le français **sauvage** en est venu à qualifier une grève qui est, à vrai dire, **spontanée**.

SAYNÈTE

Ce nom d'origine **espagnole** désignant une petite comédie bouffonne ne s'écrit pas « scénette ».

SCEPTIQUE, SEPTIQUE

Une fosse **septique** affectée à l'usage que l'on sait n'a rien à voir avec une « fausse **sceptique** », qui feint le **scepticisme**...

SCHUMAN, SCHUMANN

Le nom de Robert **Schuman**, qui fut chef du gouvernement français, ne prend qu'un « **n** », contrairement à celui du compositeur allemand Robert **Schumann**.

SCIENCE, SCIENTIFIQUE

L'histoire et la linguistique, entre autres, sont des **sciences** et, plus précisément, des **sciences humaines** étudiées dans nos facultés des Lettres et des Sciences **humaines**. Il est donc clair que l'appellation de **sciences** ne saurait être réservée qu'aux mathématiques, à la physique, aux sciences naturelles, etc. Certes, il va de soi que, contrairement à l'histoire, par exemple, les mathématiques et la physique sont des sciences **exactes**. Il n'en reste pas moins que demander aux candidats à l'épreuve écrite de philosophie du baccalauréat si l'histoire est une **science**, sans autre précision, est une absurdité, car la réponse est tout simplement « oui » en un seul mot... ce qui allège considérablement la tâche du correcteur.

Si les mots français ont encore un sens, la question devait être libellée de la façon suivante : « L'histoire est-elle une science comparable à la physique, par exemple ? ». En d'autres termes, l'histoire est-elle une science **exacte**, où les mêmes causes produisent invariablement les mêmes effets ? Il saute aux yeux que la réponse ne saurait être affirmative.

Enfin, ranger résolument parmi les « scientifiques » des lycéens obtenant de bonnes notes en mathématiques et en physique est quelque peu excessif et risque de dévaloriser ce terme prestigieux si l'on considère qu'il convient beaucoup mieux aux lauréats du prix Nobel de physique ou de chimie, pour ne citer qu'eux...

SCULPTER

Le « **p** » est muet dans le verbe **sculpter** et ses dérivés. On prononce donc « sculter », « sculteur » et « sculture » les mots écrits respectivement **sculpter, sculpteur** et **sculpture**.

SÉANCE

Ce mot ne prend qu'un « **c** », ce qui exclut la fausse graphie « scéance » sans doute influencée par le nom **science**.

SEATTLE

Il faut dissocier les deux premières lettres du nom de cette ville des États-Unis des cinq autres qui lui succèdent et prononcer « si-**attl** ».

SÉBILE

Une erreur assez fréquente consiste à prononcer ce nom comme s'il s'écrivait « sébille », rimant avec une **bille**, alors qu'il ne prend qu'un « **l** » et rime avec **débile**.

SÉCANTE

Pour se rappeler que, contrairement à une **tangente**, une **sécante** est une ligne qui **coupe**, il suffit de l'associer au nom **sécateur**.

SECOND

Dans ce mot et ses dérivés, le « **c** » se prononce « **g** ». La seconde syllabe de **second** est donc homophone du nom **gond**.

Second est considéré comme le synonyme de **deuxième**. Mais il n'en est pas moins utile d'employer **second** quand l'énumération s'arrête à deux, et **deuxième dans le cas contraire. De la sorte, en parlant du second** étage d'une villa ou de la **seconde** épouse d'un homme, on indique clairement qu'il n'y a respectivement que **deux** étages et **deux** épouses... ce qui ne saurait être le cas pour un gratte-ciel ou Sacha Guitry. Cette utile distinction entre **second** et **deuxième** enrichit donc la langue française par rapport aux autres. Il serait bien dommage de l'en priver.

On parle de la classe de **seconde** d'un lycée parce

que la **seconde**, la première et les classes terminales (baccalauréat) constituent un tout, qui est le **second cycle** de l'enseignement secondaire.

Remarque. Étymologiquement apparenté à **séquence** et à **consécutif**, le mot **second** désigne plus celui qui suit directement le premier que celui qui précède le troisième.

SECRÉTARIAT

La forme « secrétairiat », influencée par **secrétaire**, est un grossier **barbarisme** (voir **commissariat**).

SELF-CONTROL

Ce terme anglais se traduit en français par **maîtrise de soi**.

SELF-SERVICE

L'équivalent français de ce terme anglais est **libre-service**.

SÉMINAIRE

Jusqu'à une date récente, un **séminaire** était en France un établissement **religieux** fréquenté par des jeunes gens appelés **séminaristes** se préparant à un sacerdoce. Mais, sous l'influence de l'anglais ***seminar***, ce mot désigne également un **groupe de travail** ou une **série de conférences** sur un objet de connaissance. Est-ce vraiment un enrichissement de la langue française ?

SENSIBILITÉ

Naguère, sans pour autant être inscrit à un parti politique, les gens étaient de **tendance** libérale, socialiste, etc. Mais de beaux esprits ont mis fin à tout cela en substituant à **tendance** le nom **sensibilité** qui, avec ses cinq syllabes, est nettement plus « majestueux ». Ira-t-on, sans craindre le ridicule, jusqu'à parler de « sensibilité » stalinienne, hitlérienne ou khmère rouge ?

SÉPALE

À l'instar de **pétale**, le nom **sépale** est du genre **masculin** : **un** sépale **vert**.

SEPTANTE

Ce mot commode est employé pour **soixante-dix** en Belgique, en Suisse et dans certaines régions de la France voisines de ce dernier pays.

SÉVILLE

C'est bien à tort que, assimilant ce nom à celui de **Deauville** ou **Trouville**, par exemple, tant de gens le font rimer avec ces deux villes. Forme francisée de l'espagnol *Sevilla*, le nom de **Séville** rime, en réalité, avec **cheville**.

SEXE ET GENRE

Il va de soi qu'un être vivant du sexe **masculin** peut fort bien être désigné par un nom **féminin**, et *vice versa*. Ainsi, **un** pou, **un** grillon, **un** papillon, **un** homard, **un** merlan, **un** mérou, **un** brochet, **un** léopard, **un** rhinocéros, **un** gnou, peuvent être des animaux **femelles**. Il n'y a donc rien de choquant à ce qu'**un** peintre, **un** écrivain, **un** mannequin, **un** otage, **un** témoin, **un** amateur, **un** médecin, **un** juge, **un** ingénieur, **un** professeur, **un** maire, **un** député, **un** président, puissent être des **femmes**.

Inversement, **une** mouche, **une** cigale, **une** tanche, **une** carpe, **une** girafe, **une** panthère, **une** baleine peuvent tout aussi bien être des animaux **mâles**. Et rien ne s'oppose à ce que, sans changer pour autant de sexe, un homme soit **une** personne, **une** recrue, **une** ordonnance, **une** victime, **une** vedette, **une** fripouille, **une** médiocrité, **une** nullité.

Il n'y a donc rien d'« antiféministe » à considérer qu'une femme puisse être **un** député, **un** sénateur, **un** président, voire **un** pur génie...

SHAKE-HAND

En anglais, une **poignée de main** se dit ***handshake***. Nous n'avons donc aucune raison d'employer le faux anglais « *shake-hand* », mot composé « *made in France* » pour désigner le geste tout simple qui porte en français le nom de **poignée de main**.

SHOOT

En anglais, ***to shoot*** est un **verbe** signifiant **tirer**. Le nom **tir** se traduit par ***shot***, que l'on retrouve dans le **passing-shot** employé au tennis. C'est donc employer de l'anglais « *made in France* » que parler d'un « shoot » au football ou ailleurs. Raison de plus pour parler français en disant un **tir**. C'est la logique même.

SHOPPING

Nombreux sont les Français qui emploient ce terme anglais, qu'il prononcent « chopigne », alors qu'ils ont à leur disposition des mots bien français tels qu'**achats, courses, emplettes, commissions**... auxquels nos cousins québécois ajoutent **magasinage**.

SI

La conjonction **si** perd sa voyelle devant les pronoms personnels masculins **il** et **ils** : **s'il** neige, **s'ils** arrivent. Il est donc vulgaire et incorrect de dire « si » il pleut, « si » ils arrivent.

SIGLE

Un **sigle** est une **lettre** initiale ou, plus fréquemment, une **suite de lettres** initiales constituant l'abréviation de termes fréquemment employés : **S.N.C.F.**, **R.A.T.P.**, **O.T.A.N.**, etc. Par une étrange aberration, un **logo** (ou **logotype)** ne contenant aucune initiale est indûment baptisé « sigle ».

SIMULER, STIMULER

Synonyme de **feindre**, le verbe **simuler** signifie faire paraître comme réelle une chose qui ne l'est pas, faire le **simulacre** de : elle **simulait** une maladie.

Le verbe **stimuler** signifie **exciter, aiguillonner**, accroître l'activité de : il faudra **stimuler** ces enfants indolents.

SINON

Ce mot est **ambivalent** dans des phrases telles que : « ce cheval est l'un des plus rapides, **sinon** le plus rapide », que l'on peut interpréter des deux façons suivantes :

1. S'il n'est pas le plus rapide de tous, ce cheval n'en est pas moins **un des plus rapides**.
2. Non seulement ce cheval est-il parmi les plus rapides, mais il pourrait bien être **le plus rapide** du lot.

SISMIQUE

Le nom **séisme** et l'adjectif **sismique** remontent au grec *seismos*, qui signifie : **secousse, ébranlement, commotion, tremblement de terre**. L'expression « secousse **sismique** » constitue donc un **pléonasme**. Il faut dire : **séisme, phénomène sismique, secousse tellurique, tremblement de terre**. Une fois de plus, le choix ne manque pas.

SITE

Jusqu'alors un **site** était essentiellement un **beau paysage** digne de figurer sur une carte postale. Mais, alors que le nom anglais *site* (prononcé « saït ») désigne un **emplacement**, une **installation**, un **chantier**, des traducteurs désinvoltes se sont contentés d'en faire un **site** dans un contexte français. Ce mauvais exemple ayant été massivement suivi, des millions de nos compatriotes parlent désormais de « site » **stratégique, industriel** ou **atomique**, dont tout pittoresque est pourtant désespérément absent.

SKIS

On va, on se déplace **à** skis, et non « en » skis.

SMASH

Il suffit de savoir lire pour comprendre que ce terme anglais, utilisé au tennis, rime avec ***cash*** ou ***flash***. Il faut vraiment y mettre de la mauvaise volonté pour le prononcer « smatch » rimant avec **match** ou **catch**, lesquels contiennent un « t » totalement absent du mot **smash**.

SMOKING

Il s'agit, une fois de plus, d'anglais « *made in France* », puisque ce costume porte en Grande-Bretagne le nom de ***dinner jacket*** et aux États-Unis celui de ***tuxedo***.

SOI-DISANT

Cet adjectif est **invariable** : de **soi-disant** savants.

Comme l'a rappelé l'Académie française, l'adjectif **soi-disant** ne peut s'appliquer qu'à un **être humain** se disant tel : un **soi-disant** génie, de **soi-disant** étudiantes. On ne peut donc parler d'un « soi-disant » meuble ancien, ni d'un « soi-disant » voleur qui jure ses grands dieux n'avoir rien dérobé. dans ces deux cas, on emploiera l'adjectif **prétendu** pour dire : un **prétendu** meuble ancien ; le **prétendu** voleur qui se proclame innocent. Pour peu qu'on n'ait pas perdu tout sens de la logique, on ne saurait parler d'un « soi-disant » muet ou d'un « soi-disant » suicidé.

SOJA

Telle est la graphie **allemande** du nom **mandchou** *soya*, graphie existant également en **français** et qui, en bonne logique, devrait également être la seule, car la seconde syllabe de ce mot ne se prononce nullement comme celle de **déjà**. Il faut donc prononcer « soya » rimant avec le nom du peintre espagnol **Goya**.

SOLDE

Au **féminin**, ce nom désigne uniquement le **traitement** des militaires et de certains fonctionnaires assimilés : le capitaine n'a pas encore touché **sa** solde.

Dans tous les autres cas, le nom **solde** est du genre **masculin** : **un** solde **débiteur** ou **créditeur** ; les soldes de janvier sont très **avantageux**.

SOLÉCISME

Ce mot désigne une **faute contre la syntaxe**, telle que : « **C'est pas** ce **que** j'ai besoin » au lieu de : « **Ce n'est pas** ce **dont** j'ai besoin », ou encore : « **T'avais** qu'à **pas** boire », au lieu de : « **Tu n'avais** qu'à **ne** pas boire ».

SOLJENITSYNE

Dans le nom de cet écrivain russe, le « **j** » figure tout naturellement le son représenté dans le français **Jérôme**, ce qui condamne la prononciation « Solyénitsyne » adoptée par certains pédants doublés d'ignorants.

SOLUTION DE CONTINUITÉ

Cette expression a le sens de **coupure**, d'**interruption** et signifie très précisément le **contraire** de continuité : il y a **solution de continuité** quand un passage essentiel d'un texte a été omis, par exemple.

SOLUTIONNER

Ce verbe encombrant doit être rejeté au profit de **résoudre** : on ne « solutionne » pas un problème, on le **résout**. L'argument selon lequel le verbe **résoudre** serait trop difficile à conjuguer ne tient pas si l'on considère que les verbes **absoudre** et **dissoudre** n'ont jamais été remplacés par « absolutionner » et « dissolutionner ». De surcroît, le verbe **solutionner** pourrait demain donner naissance au nom « solutionnement », suivi du verbe « solutionnementer », à l'image de **parlementer**. Car aucun obstacle, fût-ce la crainte du ridicule, n'arrête les esprits compliqués.

SOMPTUEUX, SOMPTUAIRE

Ces deux adjectifs sont étymologiquement apparentés au latin *sumptus*, signifiant **dépense**.

Ce qui est **somptueux** entraîne une grande dépense par sa magnificence, tandis que l'adjectif **somptuaire** signifie **relatif à la dépense**. Parler de « dépenses **somptuaires** » constitue donc un **pléonasme**, lesdites dépenses pouvant tout aussi bien être qualifiées d'**excessives**, d'**exagérées**, de **ruineuses**.

SOPHISTIQUÉ

Signifiant d'abord **frelaté**, puis **alambiqué** et **affecté**, l'adjectif **sophistiqué**, d'allure « intellectuelle » et distinguée avec ses quatre syllabes, est abusivement employé sous l'influence de l'anglais ***sophisticated*** dans des cas où **complexe** ferait aussi bien l'affaire.

SORTIR

La tournure « sortir **dehors** » est un pléonasme trop fréquent.

S.O.S.

Au début du XXe siècle, le signal international de détresse adopté par Marconi était **C.Q.D.**, de l'anglais *Come Quickly Danger*, signifiant : **venez vite, danger**. Ce n'est qu'en 1906 que la Conférence radiotélégraphique de Berlin le remplaça par S.O.S. qui, formé de **trois points, trois traits, trois points**, frappait davantage les éventuels sauveteurs auxquels il était destiné.

C'est alors que, pour sublimer la chose, de beaux esprits firent courir le bruit que **S.O.S.** n'était autre que l'abréviation de l'anglais « *Save Our Souls* », signifiant « sauvez nos âmes ». Or, il suffit d'un soupçon de bon sens pour comprendre que, pour ne sauver que son **âme**, un passager craignant une mort prématurée aura plutôt recours à un prêtre, à un pasteur, à un rabbin ou tout autre homme de Dieu. Et si l'on tient absolument à donner une origine anglaise à un signal de détresse, il suffit de se reporter au **C.Q.D.** susmentionné qui, hélas, est solidement ignoré de tous ceux qui veulent absolument sauver nos âmes…

Il n'en reste pas moins que, au mépris de toute logique, trop de gens croient dur comme fer à l'invraisemblable légende de « *Save Our Souls* », bien qu'elle ait été abandonnée depuis des décennies par de trop naïfs rédacteurs de dictionnaires français et ne soit plus attestée par aucun ouvrage sérieux.

SOUFFLÉ, SOUFFLET

Le premier de ces deux noms se prononce avec un « **é** » fermé, comme dans l'infinitif **souffler**, alors que le second, avec son « **è** » ouvert, est l'homophone de l'imparfait (il) **soufflait**. Il n'y a donc aucune raison de prononcer de la même façon un **soufflé** au fromage et un **soufflet** au visage. De la même façon, on opposera un **archer** à un **archet**, **cacher** à **cachet**, **coller** à **collet**, **piquer** à **piquet**, etc.

SOUFRE

Contrairement au verbe **souffrir** et à ses dérivés, le nom **soufre** ne prend qu'un « **f** ».

SOUPE

Si l'on dit encore de nos jours « trempé comme une **soupe** », c'est parce que ce nom désignait jadis non point le bouillon proprement dit, mais une mince **tranche de pain** sur laquelle on versait ce dernier.

SOYEZ

Contrairement à l'imparfait de l'indicatif et au présent du subjonctif (que) vous **croyiez** et (que) vous **voyiez**, la forme conjuguée du verbe être (que vous) **soyez** ne prend pas d'« **i** » devant la terminaison « **-ez** ».

SPATIAL

Contrairement aux mots **espace** et **spacieux**, l'adjectif **spatial** s'écrit avec un « **t** » prononcé « **c** » comme dans **spécial**.

SQUASH

Beaucoup de gens qui ne savent pas lire déforment en « squatch » le nom de ce sport, à l'image du **smash** qui, dans leur bouche, devient indûment un « smatch » (voir ce mot).

STATUE, STATUT

Le nom **statue** est du genre **féminin** et désigne l'œuvre d'un **sculpteur** : bien des **statues** furent récemment **déboulonnées** en Albanie.

Le nom **statut** est du genre **masculin** et désigne un **texte** portant fixation de garanties fondamentales : **le statut** des fonctionnaires.

STEAK

Pour des raisons obscures, ce nom anglais désignant une **tranche de viande** se retrouve souvent, sur les menus de nos restaurants, déformé en « steack » surchargé d'un « **c** » superfétatoire (voir **bifteck**).

STOMATOLOGIE

Formée sur le **grec** ***stoma, stomatos***, désignant la **bouche**, la **stomatologie** traite les affections de la **bouche** et du système **dentaire** et non pas l'**estomac**, du latin ***stomachus***, comme les non-initiés seraient tentés de le croire.

STOP

Sur les routes de France, le panneau portant le nom STOP oblige les automobilistes à s'arrêter, alors qu'en Grande-Bretagne, l'inscription correspondante est HALT... Pourquoi n'adopterions-nous pas ARRÊT, comme le font les Québécois ?

STOPPER

Dans le sens de « refaire une partie d'étoffe maille à maille », nous employons le verbe **stopper** qui, contrairement aux apparences, ne vient pas de l'anglais ***to stop***, qui signifie **boucher**, **obturer**, puis, par extension, **arrêter**. Le verbe français **stopper** répondant à la définition ci-dessus vient du verbe néerlandais ***stoppen***, signifiant **boucher**, tout comme l'allemand ***stopfen***. Les mots **stopper**, **stoppage** et **stoppeuse** ont respectivement pour synonymes : **rentrayer**, **rentrayage** et **rentrayeuse**.

Le verbe **stopper** signifiant **arrêter** est emprunté à l'anglais ***to stop***, de même sens. On ne voit pas très bien pourquoi nous ne lui préférerions pas le verbe **arrêter**.

STUPÉFAIT, STUPÉFIÉ

Le mot **stupéfait** est un **adjectif** qui exprime un état : nous sommes **stupéfaits** de vous voir si nombreux.

Le mot **stupéfié** est le participe passé du verbe **stupéfier** : cet exploit m'a **stupéfié**, et non pas « stupéfait ».

SUBI, SUBIT

Subi (féminin : **subie**) est le **participe passé** du verbe **subir** : ils avaient **subi** trop d'humiliations.

Subit (féminin : **subite**) est un **adjectif** qualificatif signifiant **brusque, soudain** : nous fûmes très impressionnés par ce **subit** accès de rage.

SUBORDINATION, SUBORNATION

Le nom **subordination** est apparenté au verbe **subordonner** : la **subordination** des citoyens aux lois de l'État.

Apparentée au verbe **suborner**, signifiant : **détourner** du droit chemin, du devoir, la **subornation** de témoin, par exemple, consiste à l'inciter à mentir par intérêt.

SUCCÉDER (SE)

N'ayant pas de complément d'objet direct, ce verbe reste **invariable** au **participe passé** : les souverains qui se sont **succédé** sur le trône de France.

SUGGÉRER

Paresseuse et incorrecte, la prononciation « sujérer » n'est que trop fréquente. Il faut donc prononcer distinctement les deux « **g** », le premier comme dans **grog**, le second comme dans **gérer**. Cette remarque s'applique aux mots **suggestion** et **suggestif**. Il va de soi qu'une **suggestion** n'a strictement rien à voir avec une **sujétion**.

SUITE (DE)

De suite signifie **d'affilée, successivement, sans interruption, l'un après l'autre** : ce camionneur n'aurait jamais dû conduire onze heures **de suite**.

Il est incorrect d'employer **de suite** dans le sens de **tout de suite** et de dire, par exemple : la concierge revient « de suite » ; il faut décamper « de suite » !

SUPER

Pendant longtemps, ce **préfixe latin** fut employé comme **nom** servant d'abréviation à **supercarburant**. Or, depuis un certain nombre d'années, le mot **super**, utilisé comme **adjectif**, jaillit spontanément de la bouche de jeunes et de moins jeunes disposant d'un vocabulaire des plus limités et auxquels il ne viendrait même pas à l'idée d'ajouter une syllabe à ce néologisme envahissant pour le transformer en **superbe**, qui est de bon aloi tout en voulant dire la même chose. Étant donné le succès que connaît cet incontournable **super**, on ne peut que rester confondu devant la fascination qu'il exerce sur des millions de nos compatriotes de tous âges, tout en s'interrogeant sur les motivations qui les poussent à l'employer en toute occasion. Peut-être croient-ils être

« in », c'est-à-dire se montrer « dans le vent » ou, en d'autres termes, « branchés ».

Enfin, il n'est pas étonnant que, tenant compte de cet état de choses, les publicitaires avisés qualifient si souvent un produit qu'ils veulent vendre de **super** et de **génial** (voir ce mot).

SUPERMARKET

Ce terme anglais se traduit en français par **supermarché**.

SUPPORTER

Si le verbe anglais ***to support*** signifie **soutenir, donner son appui**, il n'en va du tout de même du verbe français

supporter, qui en constitue la fausse traduction. Le public **soutient** son équipe, il ne la « supporte » pas.

SUPPOSÉ

Dire de quelqu'un qu'il est « supposé » travailler pour vivre constitue un calque servile de l'anglais *supposed*. L'adjectif français qui s'impose est **censé** : nul n'est **censé** ignorer la loi.

SURVIE, SURVIVANCE

La **survie** est le **prolongement** de l'existence au-delà d'un certain terme : un grand malade en état de **survie**.

La **survivance** est ce qui **subsiste** d'un ancien état : la **survivance** de certaines traditions.

SUSPECT

Les deux dernières consonnes étant muettes, ce mot rime avec **parapet** (voir **aspect**, **respect**).

SUSPENSE

Le français **suspense** est un terme qui, en droit canonique, désigne une peine ecclésiastique.

Quant au nom anglais *suspense*, si souvent prononcé « suce-panse » dans un contexte français, il peut être avantageusement remplacé selon le cas par **suspens**, **incertitude**, **angoisse** ou **intensité dramatique**. Ici encore, les mots français de substitution ne manque pas.

SUSURRER

Il n'y a qu'un « **s** » entre les deux « **u** », ce qui exclut la graphie « sussurrer », pourtant conforme à la prononciation.

SWEAT, SWEATER

À la base de ces deux noms empruntés à l'anglais est le verbe ***to sweat*** (**suer**, **transpirer**), dans lequel le digramme « **ea** » ne représente pas du tout le son « **i** » de ***leader***. En fait, l'anglais ***sweat*** est à peu près homophone du français (je) **souhaite**.

Il est d'autant plus absurde de prononcer **sweat** et **sweater** comme s'ils s'écrivaient respectivement « sweet » et « sweeter », que ***sweet*** signifie **doux** et, par extension, **bonbon**, et que ***sweeter*** se traduit par **plus doux, plus sucré**. Au nom de cet absurde anglais « *made in France* », une publicité invite même nos ménagères à déposer leurs « sweets » (bonbons !) dans leur machine à laver !

SYDNEY

Contrairement au prénom de **Sidney** Bechet, le nom de la grande ville australienne de **Sydney** s'écrit avec deux « **y** ».

SYLLABE

La forme « syllable » rimant avec **valable** est un **barbarisme**. Il faut dire **syllabe**, rimant avec **arabe**.

T

TALLEYRAND

Ce nom se prononce « Taillerand », sauf pour la famille, qui dit « Tallerand ». Dans les deux cas, tout se passe comme si ce nom s'écrivait sans « y ».

TANDIS

Il est recommandé de ne pas faire entendre la **consonne finale** et de faire rimer **tandis** avec **taudis**, non pas avec **jadis**.

TANGENTE

Pour se rappeler que, contrairement à une sécante, une **tangente** est une ligne qui **touche**, il suffit d'associer ce nom à l'adjectif **tangible**, signifiant : que l'on peut **toucher**.

TANT (QU'À FAIRE)

La tournure « tant qu'à faire » est incorrecte. Il ne faut pas dire : « Tant qu'à faire, abandonnons la partie », mais : « **À tant faire**, abandonnons la partie ».

TARIFER

Même s'il figure dans certains dictionnaires accueillants, le pseudo-verbe « tarifier » ne saurait se substituer à **tarifer**, qui est à **tarif** ce qu'**agrafer** est à **agrafe**.

TEINTER, TINTER

Apparenté au nom **teinte**, le verbe **teinter** signifie **colorer** légèrement : **teinter** de l'eau avec du vin rouge.

Le verbe **tinter**, apparenté au nom **tintement**, est synonyme, entre autres, de **résonner** : les cloches **tintaient**.

TEL, TEL QUE

Tel s'accorde avec le nom **qu'il précède** : le malandrin bondit **telle** une panthère.

Tel que s'accorde avec le nom **qui le précède** : les carnassiers **tels que** les panthères sont doués d'une grande souplesse.

TÉLÉPHÉRIQUE

Composée de deux éléments tirés du **grec** : ***têle*** (au loin) et ***pherein*** (porter), la forme **téléphérique** est nettement préférable à « téléférique », qui est une graphie mi-grecque, mi-latine, donc **hybride**.

TENACE, TÉNACITÉ

Contrairement au premier « **e** » de l'adjectif **tenace**, celui du nom **ténacité** prend un **accent aigu**.

TENDRESSE, TENDRETÉ

On parle de la **tendresse** d'une **mère** affectueuse, mais de la **tendreté** d'un **rôti** facile à mâcher.

TENNISMAN

Ce mot n'existe pas en anglais, où un **joueur de tennis** porte le nom de ***tennis player***.

TENTACULE

Ce nom est du genre **masculin** : **un** tentacule **menaçant**.

TIE-BREAK

De création relativement récente, ce terme anglais signifie littéralement ***rupture d'égalité***. Il a été traduit en français par **jeu décisif**, auquel certains préfèrent le mot **départage**.

TIQUE

Contrairement à la fâcheuse habitude qu'est **un tic**, l'acarien parasite qu'est **la tique** est du genre féminin.

TIRER

1. Le **profiteur** n'est pas celui qui **tire les marrons du feu** en se brûlant les doigts au profit de celui qui les croque. Il est donc absurde de dire : « Ce cycliste s'est fatigué en menant la course de bout en bout et son adversaire, en le doublant peu avant la ligne, **a tiré les marrons du feu** ». En réalité, c'est le **vaincu** qui, en se fatiguant pour rien, a **tiré les marrons du feu** au profit de son adversaire, qui a gagné la course.

2. L'expression bien connue « **tirer son épingle du jeu** » faisait allusion à un ancien jeu qu'un participant prudent pouvait à tout moment abandonner en retirant son épingle. Par une extension contestable, on en est arrivé au sens de « se tirer habilement d'affaire » en réalisant un profit, dont la matérialisation par une simple épingle n'a rien de bien convaincant pour peu que les mots aient encore un sens.

TISSU

Au **singulier**, le nom **tissu** ne se termine pas par un « **s** » : un **tissu** bariolé.

TOMAHAWK

Trop de gens qui ne savent pas lire transforment le nom algonquin de cette **hache de guerre** des Indiens d'Amérique du Nord en « tomawhak », sans se rendre compte que le « **w** » occupe l'avant-dernière place, derrière et non devant la voyelle « **a** ».

TORCHE

Sous l'influence de l'anglais *torch*, notre bonne vieille **lampe électrique** tend de plus en plus à être remplacée par le nom français **torche** qui, jusqu'alors, désignait une tout autre source de lumière.

TOUT AUTRE, TOUTE AUTRE

Tout est **adverbe** et, partant, **invariable** quand il a le sens de **tout à fait, entièrement** : cette ville est **tout** autre qu'elle n'était il y a seulement vingt ans ; nous nous intéresserons à une **tout** autre affaire.

Tout est **adjectif** et, partant, **variable** quand il signifie **n'importe quel** : **toute** autre personne eût succombé à la tâche.

TRAFIC

Contrairement à l'anglais ***traffic***, le nom français **trafic** ne prend qu'un « **f** ».

TRÈS

Des tournures fréquentes telles qu'avoir « très » faim, « très » soif, « très » peur, sont contestées par ceux qui font remarquer à bon escient qu'un adverbe ne saurait précéder un nom. Il est préférable de dire : avoir **grand**-faim, **grand**-soif, **grand**-peur (voir **grand-mère**).

TRIBU, TRIBUT

Les mots **tribu**, **bru**, **glu** et **vertu** sont les quatre seuls noms **féminins** terminés par un « **u** » précédé d'une consonne.

Le nom **tribu** désigne une collectivité plus ou moins grande : les **tribus** nomades.

Contrairement au précédent, le nom **tribut** est du genre **masculin** et désigne ce qu'une collectivité doit **payer** en signe de dépendance : le vainqueur exigea **un lourd tribut** de **cette tribu**.

U

UN

Contrairement à ce que prétendent des gens très mal renseignés, le son « **un** », qui est un « **eu** » nasalisé, est loin d'être prononcé par tous les Français comme le nom du département de l'**Ain**. La différence entre les deux sons est manifeste dans la moitié sud de la France, sans parler d'autres régions.

C'est ainsi qu'on distinguera **un** du département de l'**Ain**, **alun** d'**Alain**, **Autun** de **hautain**, être **à jeun** d'**Agen**, **emprunt** d'**empreint**, **un sultan** d'**insultant**, **un versement** d'**inversement**, etc. On ne saurait donc faire rimer ensemble **Melun** et **malin**, **aucun** et **coquin**, **parfum** et **fin**, **commun** et **main**, etc.

UN DES... QUI...

Plus fréquentes qu'on ne le souhaiterait sont des phrases telles que : « Un des très rares Français qui **connaît** à fond la langue japonaise ». Or, l'**antécédent** du pronom relatif étant au **pluriel**, l'accord impose tout naturellement le verbe au **pluriel**, d'où : « Un des très rares Français qui **connaissent** à fond la langue japonaise ».

UN PEU DE

Pour indiquer une **petite quantité**, on emploie au **singulier un peu de**. D'où : **un peu de** sucre.

Au pluriel, on emploie **quelques**. D'où : **quelques** morceaux de sucre. C'est par erreur que, depuis peu, certains disent : « **un peu de** berlingots ».

Cela dit, il va de soi que **peu de** non précédé de l'article indéfini est valable aussi bien devant un **pluriel** qu'un **singulier** : **peu de** sucre, **peu de** berlingots.

URBANISME, URBANITÉ

L'**urbanisme** est la science se rapportant à la construction et à l'aménagement des **agglomérations**, **villes** et **villages** et qui constitue la spécialité des **urbanistes**.

L'**urbanité** est une politesse raffinée.

-USSION, -UTION

S'écrivent avec deux « **s** » : **concussion**, **discussion**, **percussion** et **répercussion**.

Dans les autres cas, on écrit « **-ution** », avec un « **t** ». Exemples : **allocution**, **évolution**, **exécution**, **persécution**, **pollution**, **restitution**, **rétribution**, etc.

V

VAINCRE

Remontant au latin *vincere* (cf. italien *vincere*), le verbe **vaincre** s'orne d'un « **a** » que ne justifie nullement l'étymologie. Dans ces conditions, il n'est pas exclu que quelques réformateurs zélés suggèrent d'écrire « vincre » afin de nous faire sortir hardiment des sentiers battus et d'aligner la graphie de ce verbe sur celle de l'adjectif **invincible**, dont la deuxième syllabe s'écrit bel et bien « **-vin-** ».

VALABLE

Un **testament**, une **excuse**, un **billet** d'avion peuvent être à bon droit qualifiés de **valables**. Peut-être sous l'influence de l'anglais *valuable* signifiant **précieux, de prix, de valeur**, l'adjectif français **valable** n'est que trop souvent employé abusivement dans le sens de **remarquable, efficace**, d'où : un élève **valable**, une entreprise très **valable**. C'est à juste titre que l'Académie française a dénoncé ce nouveau détournement de sens qui, ici encore, se justifie d'autant moins que la langue française ne manque pas d'adjectifs adéquats.

VALOIR

1. Ce verbe n'est nullement le synonyme de **coûter**, car un article qui a **coûté** très cher peut fort bien ne pas **valoir** grand-chose et un tableau de maître découvert dans un grenier par des profanes peut avoir une grande **valeur**, tout en ayant été vendu pour une bouchée de pain à un heureux acquéreur, auquel il n'aura donc pas **coûté** cher.

2. On dit : il **vaut** mieux, il **valait** mieux, il **vaudrait** mieux et non pas : il « faut » mieux, il « fallait » mieux, il « faudrait » mieux, car les verbes **valoir** et **falloir** ne sont nullement interchangeables. Ce **barbarisme** est, de nos jours, de plus en plus envahissant (voir **falloir**).

VALU

Précédé d'une indication de **prix**, ce participe passé reste **invariable**. Exemple : *les dix mille francs que ce tableau aurait* ***valu*** *s'il n'avait pas été légèrement détérioré.*

Dans le cas contraire, il y a **accord** du participe passé. Exemple : *imaginez la gloire qu'un tel exploit nous aurait* ***value*** (voir **coûter**).

VAN CLEEF

Le second élément du nom de ce joaillier néerlandais ne se prononce pas « clif », à l'anglaise, mais « cléf ».

VERBICRUCISTE

Ce néologisme utile désigne l'**auteur** des problèmes de mots croisés que les **cruciverbistes** essaient de résoudre.

VERNI, VERNIS

Verni, en cinq lettres, est le **participe passé** du verbe **vernir**, ainsi qu'un **adjectif** signifiant familièrement **chanceux**.

Vernis, terminé par un « **s** », est le **nom** d'un enduit servant à **vernir**.

VÊTIR

À l'indicatif présent, ce verbe se conjugue comme suit :

je (me) **vêts** tu (te) **vêts** il (se) **vêt**	nous (nous) **vêtons** vous (vous) **vêtez** ils (se) **vêtent**

Le verbe **vêtir** étant du **troisième** groupe, une erreur trop répandue consiste à le conjuguer au présent et à l'imparfait de l'indicatif comme s'il était du **deuxième** groupe. Au **présent**, on ne se « vêtit » pas, mais on se **vêt** ; les gens ne se « vêtissent » pas, mais se **vêtent. À l'imparfait**, je ne me « vêtissais » pas, mais me **vêtais** ; nous ne nous « vêtissions » pas, mais nous **vêtions**. On remarquera que la forme il se **vêtit** appartient au **passé simple** du verbe **vêtir**.

VILLON

Dans le nom du poète François **Villon**, la consonne double ne se prononce pas comme dans **village**, mais comme dans **pavillon**.

VIRGULE

Dans de nombreux cas, une modeste **virgule** peut avoir une grande importance, car elle transforme du tout au tout le sens d'une phrase. En voici un exemple éloquent :

Supposons que trois élèves d'une classe de seconde se soient amusés à casser des chaises pendant l'interclasse. Dans ce cas, il est compréhensible que le proviseur annonce qu'il punira sévèrement les élèves de cette classe qui ont détérioré du mobilier. Mais si, employant une virgule, il affiche : « Une sévère punition sera infligée aux élèves de seconde, qui ont brisé des chaises », voilà l'ensemble de la classe injustement puni, car cette virgule précédant le pronom relatif joue le même rôle qu'une **parenthèse** autorisant à supprimer la proposition subordonnée sans rien changer au sens de la phrase.

Inversement, il faut employer une **virgule** dans une phrase telle que : « Notre avion dut faire escale à Denver, qui est la capitale du Colorado », car ce dernier détail ne change rien au fait que l'avion s'est posé à Denver. Enfin si, employant une **virgule**, on annonce que « seront exclus du parti les députés de la majorité, qui ont voté contre le projet du gouvernement », cette exclusion semble, bien à tort, s'appliquer à l'**ensemble** des députés du parti majoritaire qui, unanimement, auraient désavoué le gouvernement qu'ils sont censés soutenir. Puisque ce n'est naturellement pas le cas, il faut écrire, **sans virgule** : « Seront exclus du parti les députés de la majorité qui ont voté contre le gouvernement », ce qui signifie : uniquement ceux-là.

VISITE D'ÉTAT

Quand un chef d'État se rendait officiellement chez un « collègue » étranger, on parlait de **visite officielle**.

Mais sous l'influence de traducteurs négligents, l'anglais ***state visit*** a été rendu sous la forme de « visite d'État », qui est fautive mais, hélas, de plus en plus répandue.

VITUPÉRER

On **vitupère** quelqu'un et non « contre » quelqu'un.

VIVANTES (LANGUES)

La langue actuellement parlée en Grèce porte l'appellation de grec **moderne** pour la distinguer du grec **ancien**, et non pas de grec « vivant » opposé au grec « mort ». C'est pourquoi il est totalement inadéquat de parler de langues « vivantes » à propos de l'anglais, de l'allemand, de l'espagnol, etc., enseignés dans nos collèges et nos lycées avec l'efficacité que l'on sait... L'appellation langues **modernes** est donc la seule qui corresponde à la fois à la logique et à la réalité (voir **mortes** [langues]).

VIVE, VIVENT

Si l'on emploie le verbe **vivre** au **singulier** dans : « **Vive** la Bretagne ! », la simple logique conseille de le mettre au **pluriel** dans : « **Vivent les Bretons** ! »

VOICI, VOILÀ

Dans le **temps**, le mot **voilà** s'applique en principe à ce qui **précède** et **voici** à ce qui **suit** : **Voilà** ce qu'il ne fallait pas dire. **Voici** maintenant ce qu'il faudra répondre.

Dans l'**espace**, le mot **voici** s'applique en principe à une personne ou une chose qui est **proche**, et **voilà** à une personne ou une chose qui est **éloignée** : **Voici** mon permis de conduire. **Voilà** un volcan qui me paraît bien menaçant.

Remarque. Contrairement à **cela, voilà** prend un **accent grave**.

VOIE (QU'IL)

Le **subjonctif** (qu'il) **voie** s'oppose à l'**indicatif** (il) **voit**, ce qui condamne la faute d'orthographe trop répandue qui consiste à écrire (qu'il) « voit » à l'instar de (qu'il) **soit**.

VOIRE

Contrairement au verbe **voir**, l'adverbe **voire**, qui remonte au latin ***verus*** **(vrai)**, se termine par un « **e** ».

L'adverbe **voire**, qui signifiait d'abord, conformément à son étymologie, **vraiment**, **véritablement**, ayant pris le sens de **même, et même**, il n'est pas nécessaire d'employer la tournure « voire **même** ». On dira donc : « cette performance est rare, **voire** exceptionnelle », et si l'on tient absolument à employer l'adverbe **même** : « cette performance est rare, et **même** exceptionnelle ».

VOIRIE

Si la voyelle finale de **soie** se retrouve dans **soierie**, il n'en va pas de même de celle de **voie**, absente du nom **voirie**.

VOLCANOLOGIE, VULCANOLOGIE

L'Académie française a rappelé que la **volcanologie** est la science qui étudie les phénomènes **volcaniques**, alors que la **vulcanologie** concerne le traitement du **caoutchouc** ou des substances possédant des propriétés analogues. Haroun Tazieff se déclare donc à juste titre **volcanologue** et non « vulcanologue ».

VOLKSWAGEN

Pour ne pas estropier le nom de cette firme allemande, il faut savoir que la première syllabe se prononce « **folx** ».

VU

Le participe passé **vu** est **invariable** dans des tournures comme : **vu** la conjoncture actuelle ; **vu** les circonstances exceptionnelles.

Il est également **invariable** lorsque le nom auquel il se rapporte **subit** l'action exprimée par l'infinitif. D'où : cette maison, je l'ai **vu** bâtir ; cette carpe, tu l'as **vu** pêcher ; les otages que nous avions **vu** libérer.

Inversement, **vu** s'**accorde** avec ce même nom s'il est l'**auteur** de l'action exprimée par l'infinitif. D'où : les maçons que nous avons **vus** bâtir cette maison ; la vedette du concours que tu as **vue** pêcher un saumon ; les troupes qu'on avait **vues** défiler (voir **entendu**).

Remarque. Ces subtilités orthographiques ont plus d'importance qu'il n'y paraît, comme le prouvent les exemples suivants :

Je les ai **vu** frapper (**recevoir** des coups).

Je les ai **vus** frapper (**donner** des coups).

W

« W » ALLEMAND

Le « **w** » allemand a le même son que le « **v** » français. Cela étant, on se demande bien pourquoi tant de gens le prononcent à l'**anglaise** en déformant les noms allemands **Walter, Willy, Wagram, Ludwig** et **Schweitzer**, en « Oualter », « Ouilly », « Ouagram », « Ludouig » et... « Chouettes airs » !

WALKIE-TALKIE

Dans le nom de ce petit appareil de radio émetteur et récepteur de faible portée, le verbe ***to walk*** **(marcher) précède** très logiquement le verbe ***to talk*** **(causer, parler)**. Dans ces conditions, on ne comprend pas clairement pourquoi, au nom d'un pseudo-anglais « *made in France* », ce mot est déformé chez nous en « talkie-walkie ».

WATERLOO

En Belgique wallonne et flamande, le « **w** » représente le même son qu'en **anglais**. Le nom de la ville de **Waterloo** se prononce donc « Ouaterloo ».

W.C.

Si, en allemand, la lettre « **w** » porte le nom de « **v** », il n'en va pas de même en français, où elle s'appelle **double v**. Il en résulte que, en bonne logique, les **w.c.** sont des « **double v.c.** ». Pourquoi les germaniser à demi en les baptisant indûment « vécés » ?

X

« X »

Tous ceux qui s'étonnent que cette consonne se prononce « ss » dans **Auxerre** et **Bruxelles** ont intérêt à savoir qu'elle peut, en français, représenter plusieurs sons différents.

1. « **x** » se prononce « **ks** » dans **axe**, **boxe**, **fixe**, **luxe**, **mixte**, **taxe**, **taxi**, etc., ainsi que, en position **finale**, dans **Aix**, **box**, **Dax**, **Félix**, **Gex**, **Marx**, **Max**, etc.
2. « **x** » se prononce « **gz** » dans **examen**, **exemple**, **exercice**, **exiger**, **Xavier**, etc.
3. « **x** » se prononce « **ss** » dans **Auxerre**, **Bruxelles**, **Cadix**, **soixante**.
4. « **x** » se prononce « **z** » dans **deuxième**, **sixième**, **dixième**.
5. Selon l'Académie française, « **x** » se prononce « **k** » dans **xérès**.
6. « **x** » est **muet** dans **Chamonix**, **croix**, **deux**, **Foix**, **Oyonnax**, etc.

Y

Y

Il ne faut pas employer le pronom **y** dans le sens d'**à lui, à elle, à eux, à elles** quand il est question de **personnes**. On dira donc : elle apprécie cet acteur et pense souvent **à lui** et non pas : elle apprécie cet acteur et « y » pense souvent.

Inversement, en parlant d'une **chose**, on dira : elle **y** pense souvent, et non pas : elle pense souvent « à lui, à elle ».

YORKSHIRE

Dans le nom de ce chien, la seconde syllabe ne se prononce pas comme si elle rimait avec l'anglais *fire*, mais se trouve réduite à « **che** ». Il en résulte que la fausse prononciation « yorkchailleur » est, une fois de plus, de l'anglais « *made in France* ». Il faut donc prononcer « york-che ».

Z

ZÉRO

Contrairement à ce que chantait Édith Piaf, on ne repart pas « à » zéro, mais **de** zéro, tout comme les coureurs du Tour de France ne partent pas « à » la ville étape, mais bel et bien **de** la ville étape.

« ZH »

Le digramme anglais « **sh** » représente le son consonantique « **ch** » deux fois représenté dans le français **chouchou**. Exemples : ***short, shopping***.

Quand il s'agit de noms étrangers et pour figurer le même son **vocalisé** « **j** », deux fois présent dans le français **joujou**, l'anglais utilise très logiquement la graphie « **zh** », transcrivant ainsi **Zhu** et **Zhukov** les noms chinois et russe respectivement prononcés **Jou** et **Joukov**. C'est donc bien à tort que, ne tenant aucun compte de l'« **h** », des millions de Français non prévenus prononcent comme un simple « **z** » la graphie anglaise « **zh** », qui, en bonne logique, n'a nullement sa place dans une transcription française.

ZONE

Contrairement à **cône**, avec lequel il rime, le nom **zone** ne prend **pas d'accent circonflexe**.

ZOO

Ce nom, abréviation de l'adjectif **zoologique**, ne se prononce pas « zou », à l'anglaise, mais « **zo-o** » en deux syllabes dans un contexte français.

ZOOPHILE

Comme l'indique clairement l'élément « **-phile** », emprunté au **grec**, quiconque aime les animaux devrait mériter le qualificatif de **zoophile**. Halte-là ! Car ce terme ambivalent désigne le plus souvent celui qui est atteint de **zoophilie**, déviation **sexuelle** le portant vers les animaux (voir **pédophile**). Cette acception peu flatteuse est-elle bien raisonnable ?

TABLE DES ARTICLES

Composition réalisée par NORDCOMPO

IMPRIMÉ EN FRANCE PAR BRODARD ET TAUPIN
Usine de La Flèche (Sarthe).
LIBRAIRIE GÉNÉRALE FRANÇAISE - 6, rue Pierre-Sarrazin - 75006 Paris.
ISBN : 2 - 253 - 08133 - 7 30/8133/8